Alexander Rösler

Ein Kuss ist ein ferner Stern

Außerdem von Alexander Rösler im Arena Verlag:

Ich bin nur mal kurz mein Glück suchen. Neues vom Taugenichts

Alexander Rösler
wuchs in den Siebzigerjahren in der hessischen Provinz auf, besuchte die Gesamtschule zwei Dörfer weiter und wurde beim Fußballspielen meistens ins Tor gestellt. Die Entscheidung für ein Medizinstudium kam per Post. Heute lebt Alexander Rösler mit Frau und Kindern in Hamburg und arbeitet als Geriater und Neurologe im Krankenhaus. Seit 1999 schreibt er nebenbei erfolgreich Bücher für Jugendliche.

www.alexanderroesler.jimdo.com

Alexander Rösler

Ein Kuss ist ein ferner Stern

Arena

Meinen Eltern gewidmet

FSC
www.fsc.org
MIX
Papier aus verantwortungsvollen Quellen
FSC® C022125

1. Auflage 2011

Covergestaltung: Frauke Schneider
Gesamtherstellung: Westermann Druck Zwickau GmbH
ISBN 978-3-401-06537-3

www.arena-verlag.de
Mitreden unter forum.arena-verlag.de

Was ich dir gesagt habe gilt für deine
Gedanken für deine Worte:
Jede Liebkosung jedes Vertrauen hat seine
Dauer und überdauert sie
(Aus dem Gedicht von Paul Eluard »Was ich dir gesagt habe«, übersetzt von Hans Magnus Enzensberger)

Schöne Schädel machen schöne Entdeckungen
(Paul Eluard/Benjamin Péret, Sprichwörter)

Rudi, 10. September: Kein Vorwort

Absolut kein Vorwort. Wenn hier »Vorwort« stünde, dann würde es kein Mensch lesen. Ich habe jedenfalls nie Vorwörter gelesen. Niemand braucht Vorwörter. Auch Fußnoten braucht eigentlich keiner, Klammern auch nicht. Und das sage ich als Germanistikstudent im zweiten Semester. Wenn man was zu sagen hat, soll man's halt sagen. Das gilt für Texte und für das Leben im Allgemeinen.

Mein Vorschlag, wenn man nichts zu sagen hat: Einfach mal die Klappe halten. Das täte vielen Leuten gut, das Klappehalten. Ich bin da nur Drei minus. Aber man kann das von August gut lernen, ihr werdet sehen.

Nur ganz selten braucht es wirklich ein paar Bemerkungen vorneweg, bei IKEA-Möbeln zum Beispiel. Denn wenn du da gleich loslegst und denkst, das Teil bau ich ruck, zuck mal eben so auf, dann stehst du da, kurz vor Schluss, und hast einen blöden Holznupsi übersehen oder die Seiten der Regalwand vertauscht und fertig ist die Sackgasse.

Deshalb muss ich doch was vorausschicken: Das Buch, das du in den Händen hältst, dick wie ein gutes argentini-

sches Hüftsteak, das haben vor allem Freya und August geschrieben. Aber – sozusagen – durch mich.

Und das kam so: Freya hat mir kurz vor dem vorläufigen Schluss der ganzen Geschichte eine SMS geschickt, dass der USB-Stick mit »den Texten zum wichtigsten Teil meines Lebens bis jetzt« in Heidi's Imbiss versteckt ist. Wo genau, hat sie leider nicht gesagt. Heidi war ziemlich sauer, als ich den Stick zwischen den ganzen unfrittierten Pommes in der Kiste unter der Fritteuse rausgezogen habe. Da war er, der USB-Stick mit Freyas Einträgen und Textstückchen, mit der ganzen großen Liebesgeschichte zwischen August und ihr, den kleinen Anekdoten und Erinnerungssprengseln, den Kämpfen, der Musik, der Zukunft, den ganzen großen Worten. Beinahe wäre das alles frittiert, gewürzt und zerkaut worden.

Ich hatte von Freyas Schwester schon gehört, dass Freya den ganzen Laptop volltippt. Ich war total gespannt auf den Stoff, natürlich vor allem, ob ich selber drin vorkomme und ob ich mich gut getroffen fühle, also ob ich im Buch ein cooler Typ bin. Die ganze Geschichte mit Mann und Frau, Arm und Reich, Yin und Yang und so, das hat einfach das Zeug zum Klassiker. Und Heidi, also Augusts Mutter, hat gesagt, sie mag Liebesgeschichten auch sehr, selbst wenn ihr Sohn darin noch eine andere liebt. Da habe ich ihr gesagt, Heidi, hab ich gesagt, ich werde daraus ein Buch machen, und was für eins! Ich wollte schon immer einen Roman schreiben. Damals hatte ich mich vor den PC gesetzt und wollte den Roman endlich aus mir herauslassen, so wie man Wasser aus einem Wasserhahn lässt. Aber dann saß ich da und saß und ließ viel Bier und viel

Kaffee meine Kehle hinunterfließen. Aber es kam nichts, gar nichts, kein Wort. Jetzt aber war die Chance da! Die Story war abgesteckt, die Texte waren fertig, da sag ich nicht Nein! Und wenn ich fertig bin, dann, Heidi, dann setz ich mich zu dir in die Imbissbude und wir trinken einen und ich lese dir den Liebesroman vor, während du zärtlich die Würstchen wendest.

Gut drei Wochen sind seitdem ins Land gegangen und jetzt sitze ich tatsächlich mit einer Molle Astra bei Augusts Mutter. Links auf dem Campingstuhl sitzt sie, die Würstchen liegen gewendet auf dem Rost und Heidi blickt geradeaus auf den Kanal. Mit ihren Augen in Vergissmeinnichtblau und ihren apfelroten Wangen sieht sie aus wie eine Bäuerin aus Mecklenburg. Aus van Goghs Sonnenblumen hätte sie Öl gepresst.

Heidi, sag ich, wir haben einiges zu bejubeln und ein bisschen was zu beweinen. Was, wird noch nicht verraten. Das folgt erst, wenn ich Heidi die Geschichte vorlese und dabei die Schicksale langsam entblättere.

Mal ehrlich und stolz: Ich bin so was von zufrieden mit diesem fetten Manuskript zwischen meinen Schriftstellerfingern! Ich hatte ja Freya auf der Poolparty von ihrem Vater schon ein paar Mal wegen der Texte angespitzt. Sie hatte sich so schön geziert und sich so sehnsüchtig bitten lassen, wie das nur Frauen können. Aber irgendwann hat sie eingelenkt und gesagt, ich soll ihren Namen ändern und die anderen Namen auch, der Rest ist ihr ziemlich egal. Und vor allem sollte ich August fragen. Dann könnte ich das Ganze ruhig aus meiner Sicht schildern. Die wirkliche Geschichte, also ihre wahre Geschichte, sei ohnehin nur in ihrem Herzen. Ich fand das ziemlich melodrama, aber so ist Freya. Und als sie das so sagte, hatte sie wieder diesen freiheitlichen Blick und ihre berühmten bebenden Nasenflügel.

Und jetzt zu August – der redet ja kaum, wie sollte der dann schreiben? Ich habe ihn langsam ans Schreiben rangeführt. Ihn immer und immer wieder gebeten, was Kurzes zu schreiben. Zu kleinen Themen, was Überschaubares. Was meint ihr, wie lange das dauert, bis ein Elefant im Zirkus auf den Hinterbeinen geht? Ungefähr so lange, wie es dauert, einen August zum Schreiben einer DIN-A4-Seite zu bringen. Aber es hat sich gelohnt. Der Kerl schreibt inzwischen Texte wie gegossen, wie direkt ins Gedächtnis gemeißelt. Texte wie noch nie gehört.

Den Rest habe ich *gemacht, zusammengefasst, umgestellt, gestrichen, kommentiert, Überschriften gesetzt und, Achtung, cooles Wort: redigiert. Meine Kommentare vom September habe ich kursiv dazwischen geschrieben. Ich war der Redakteur und das Radiergummi. Ich war Rudi Radiergummi.*

Und jetzt stelle ich mich breitbeinig hin und frage euch: »Was lest ihr am liebsten?« Wenn ihr dann sagt: »Was Echtes, was Authentisches.« Dann sage ich: »Okay. Dann ist das hier was für euch.« Und wenn ihr antwortet: »Was mit Liebe, aber nicht so Hollywood-08/15-Kram«, dann antworte ich: »Kein Problem, lest das hier.« Ihr sagt: »Was mit Krankheit, Tragik und Konflikt?« Dann schaut mal in dieses wunderbare Buch hier. Ihr wollt »was mit lebendigen Figuren mit Entwicklungspotenzial«. Jede Menge! »Aber ohne Konservierungsstoffe, naturidentische Aromen und so 'n Krams!« Versteht sich von selbst. »Mit echter Sehnsucht, mit Anspruch, mit Alkohol, Sex, Boxen und mit süßen Tieren?« Alles inklusive!

Also: Das Wetter ist gut und das Bier schmeckt nach Freiheit. Macht die Glotze aus und hört zu: Ich öffne hiermit den oberen Buchdeckel und werde Heidi und allen, die hier am Imbiss stehen und kauen, aus dem Buch vorlesen.

Freyas Notizen, 1. Juni: »Über den schönen Jungen, der zu dick angezogen war. Und warum ich dreimal gelogen habe.«

Freitagabend, neun Uhr. Ich weiß nicht, was ich anziehen soll und wie ich die Haare machen soll. Ich renne hin und her, steige über die Haufen von Klamotten, die im Zimmer herumliegen. Hilda, meine Schwester, behauptet, *sie* nähme immer die Hose und das T-Shirt, die oben liegen. Ich glaube ihr kein Wort. Ich höre ein bisschen Musik und habe nichts im Kopf außer Ben und der Clique. Ich könnte schon hinfahren. Nur zu früh will ich nicht kommen. Zu früh ist uncool. Ich stemme die Hand in die Hüfte und seh mal, was der Spiegel aus mir macht. Jetzt bin ich ganz zufrieden, bis auf die üblichen Sachen halt, bisschen blass, bisschen zu wenig Busen, vor allem wenn ich auf dem Rücken liege. Manchmal find ich mich zu knochig, dann bin ich wieder froh drum. Ich will nicht immer darüber nachdenken müssen, wie ich aussehe, aber immer wieder fängt es von vorne an.

Ben sagt, ich hätte einen »supersüßen Hintern«. Wenn

er das sagt, dann weiß ich, dass er wieder rummachen will. Ich habe neulich versucht, meinen Po zu sehen; auf dem Hocker vor dem Spiegel im großen Badezimmer habe ich mich ganz weit umzudrehen versucht, aber es ging nicht. Nur bei H&M in den Umkleidekabinen kann man die Spiegel so stellen und sieht sich selbst an ganz fremden Stellen. Das gefällt mir.

Ganz hinten aus meinem Hals kommt ein Gähnen. Ich zerquetsche es mit den Backenzähnen. Dann mach ich mir die Nägel, ziehe doch den schwarzen Mini an und dann schnell weg hier. Das »Schnell weg hier« hat aber einen Haken, und das hasse ich. Ich wohne nämlich an der Elbe, in Blankenese, Hamburger Edelviertel mit Langeweile-Abo. Da, wo was los ist, St. Pauli, Altona, Eimsbüttel, ist weit weg. Leute ab dreißig finden es immer »ganz toll«, dass wir in Blankenese wohnen. Ich kann den Führerschein kaum erwarten. Einen kleinen gebrauchten Wagen wird Klaus schon springen lassen. Klaus ist mein Vater. Er hat eine Menge Kohle. Kohle ist mir eigentlich egal. Kohle macht nicht glücklich, aber einen Wagen, einen Wagen für Ben und mich, zum Abhauen ab und zu – das wär's doch. So lange muss ich in die Stadt trampen oder mit den Omas und den Unterstuflern im Bus fahren.

Ich schleiche mich zur Dienstbotentür raus. Maria, unsere Haushaltshilfe, kriegt immer alles raus, aber sie ist auf unserer Seite. Doch wenn Klaus das mitkriegt, wird er verrückt. Er kriegt es aber nicht mit, weil er immer in irgendwelchen Sitzungen abhängt und anschließend mit zwei Kollegen von der Bank einen trinkt. Oder er geht mit Babsi, seiner neuen Flamme, essen. Sie heißt wirklich Babsi.

Die beiden gehen essen in Restaurants, in denen das Besteck aus Silber ist und die Servietten so dick sind, dass man Sporttaschen daraus nähen könnte.

Wenn man bei uns unbemerkt rauswill, muss man die Füße vorsichtig auf der Treppe abrollen, sonst knarrt es. Ich hinterlasse ungern Spuren für meine schnüffelnde Schwester, sonst kriegt sie wieder diesen »Das Leben geht an mir vorbei«-Impuls und will am Ende noch mit in die Stadt.

Hilda sitzt in ihrem Zimmer vor der Glotze. Sie hat gerade keinen Freund. Man hört eingeblendete Lachsalven. Wenn sie so weitermacht, kriegt sie einen fetten Hintern. Ich sag ihr sowieso, sie soll nicht so enge Jeans anziehen, da steht keiner mehr drauf. Ben hat gesagt, ich bin hübscher als Hilda, aber sicher bin ich da nicht. Er hat das mit dem Aussehen nur am Anfang gesagt, vor einem halben Jahr. Hilda ist viel voller und weiblicher als ich. Sie ist schon einmal, als ich dabei war, angesprochen worden von einem Mann, der gesagt hat, er wäre Fotograf und sie hätte den schönsten Mund, den er je gesehen hat. Er hat ihr eine Visitenkarte gegeben. Darauf stand: »John Luigi Dalaware, Photographer«. Ich fand das mit dem Mund total platt. Er hätte auch »Augen« sagen können oder »Haare«. Aber der Name war nicht schlecht. Die Visitenkarte schleppt sie jetzt immer mit sich rum. Die ist schon ganz abgeriffelt. Aber gemeldet hat sie sich da nicht.

»Hilda« als Vornamen finde ich noch übler als meinen. Unsere Namen sind Teil von dem ganzen Germanen- und Wagnergedöns von Klaus. Der ärgert sich, dass sein Name bei all den nordischen Sagen überhaupt keine Rolle spielt;

nicht mal ein Ersatzgnom heißt da Klaus. Hätten wir einen Bruder, hätte der Siegfried geheißen.

Aussehen und so ist zwischen Schwestern eine wichtige Sache. Hilda ist auch noch ein Jahr älter als ich. Nächstes Jahr hat sie ein Auto und Abi, wenn alles gut geht. Dazu muss sie aber ihren grenzwertigen Hintern öfter in die Schule tragen.

Ich pirsche durch unseren Fitnessraum. Dahinten verstaubt das Fitnessfahrrad; ein paar Boxhandschuhe baumeln am Haken, die könnte ich vielleicht Ben mitgeben, der ist im Boxverein. Dann kommt die Sauna mit dem Durchgang zum Außenpool. »Klick«, macht die Saunatür beim Öffnen. Ich nehme einen tiefen Zug durch die Nase. Ich mag Saunageruch. Manchmal gehen Hilda und ich in die Sauna. Vor ein paar Wochen sind Vaters Kollegen in die Sauna reingekommen, total überraschend, sie waren eigentlich draußen am Pool. Da hatten sie wenigstens noch Hosen angehabt. »Hallo, Mädels!«, haben sie gerufen und einen Aufguss mit ihrem Bier gemacht. Dann haben sie mit ihren Leibern auf der untersten Bank den Ausgang blockiert und um die Wette geschwitzt. Einer hat dauernd schweinsgesichtig zu mir rübergelinst, der andere zu Hilda. Hilda und ich sind dann auf ein Zeichen hin getürmt. Seitdem bin ich vorsichtig mit Sauna.

Ich biege noch links in den Weinkeller ab und stecke eine Flasche in die Tasche von meinem Parka. Ich nehm meistens eine, auf der »Château« steht. Ben hat gesagt, »Château« ist immer gut. Bei uns gibt's genug Flaschen, wo »Château« draufsteht; Klaus merkt nicht, wenn eine fehlt.

Wenn ich an die Hintertür komme, muss ich Alberich

den Dritten überlisten. Alberich begreift nicht, dass er Eindringlinge vom Eindringen abhalten soll. Stattdessen hindert er alle am Weggehen. Eigentlich hatten wir vor, Alberich wieder loszuwerden, weil er als Wachhund nicht taugt. Dann aber hat er einen Einbrecher festgehalten, als der mit Klaus' Luxusverstärkerteil unterm Arm wieder aus dem Haus *raus*wollte. Seitdem darf er bleiben. Jetzt kommt Alberich die Kellertreppe runter, seine Krallen klackern leise auf den Fliesen. Bloß nicht bellen, Alberich! »Ruhig, ruhig, guter Junge«, beschwöre ich ihn, damit er meine Stimme hört. Alberich lugt um die Ecke, der Sabber läuft ihm seitlich aus den Lefzen und sein Schwanz fuchtelt vor Freude im Weinregal herum, zwischen den Châteaus. Ich kraule ihn eine kleine Runde und gebe ihm einen Hundekeks. Er lässt mich zur Tür raus. Im Garten kommt mir ein warmer Sommerhauch entgegen. Der Wind schickt einen Gruß von der Nordsee. Er bringt einen der vielen mir lieb gewordenen Gerüche.

Eine Garage ist leer, Vater ist unterwegs. Der Gärtner hat die Schlauchrolle stehen lassen. Manchmal begegnen wir uns. Er petzt nicht, aber ich glaube, er verachtet mich, weil ich mich morgens hinlegen kann und er arbeiten muss. Jetzt muss ich noch sehen, dass ich keinem Typ von der Security in die Arme laufe. Die sind mit ihren schwarzen Jacken schlecht zu sehen und die Sohlen ihrer Stiefel sind leise. Überall hier laufen sie rum und fühlen sich wichtig. Ich steige die Treppen rauf, dann Bremers Weg hoch bis zur Elbchaussee. An der Bushaltestelle halte ich den Daumen raus. Die S-Bahn ist eine Zumutung; bis zu Ben und bis nach St. Pauli brauche ich mit Gehen eine

Stunde, abends noch länger. Der Bus ist näher, braucht aber auch ewig. Darum trampe ich meist. Das ist natürlich total verboten, gerade für Frauen. Aber es bringt eine Prise Aufregung in mein Leben.

Eigentlich sind die Eltern aus den Elbvororten am besten zu betrampen. Die wollen nicht, dass Jugendliche von hier schutzlos an der Straße herumstehen. Blöd nur, dass sie schon um halb acht in die Restaurants oder in die Oper fahren. Am liebsten würden sie einen mit in die Oper schleppen. Außerdem kennen sie meinen Vater. Die Vorteltern könnten sich eigentlich dabei abwechseln, ihre Kinder am Freitag und Samstag in die Stadt zu bringen, schließlich wollten *sie* hierher ziehen.

Mal stehe ich beim Trampen auf dem rechten Bein, mal auf dem linken. Sobald ich mich bewege, geht im Haus hinter mir das Außenlicht an. Ich versuche, mich nur so viel zu bewegen, wie der Bewegungsmelder toleriert. Hier draußen wird viel eingebrochen. Kein Mensch hält. Mal gucke ich direkt auf die Windschutzscheibe, mal vorbei. Dann kommt schon der Bus und ich weiß nicht, ob ich schon aufgeben und da einsteigen soll. Scheißangepasst, denke ich, wenn ich manchmal in den Bus steige und das Trampen wieder mal nicht hingehauen hat. Heute aber muss ein Tramptag sein, denn mit dem Bus fängt der Abend schlecht an und ich will, dass der Abend gut anfängt, wenn ich zu Ben fahre, der sicher noch mit den Jungs rumhängt und vorglüht. Ich schick ihm eine SMS, dass ich starte, dann halte ich den SMS-Daumen wieder in die Blankeneser Luft und prompt schwenkt ein Wagen in die Haltebucht. Na bitte – geht doch.

»Noch einer«, ruft der Fahrer. »Ich dachte, Tramper wären ausgestorben. Immer rein in die gute Stube.«

»Ja, immer feste rein«, sagt der Beifahrer.

Ich falte mich in der Mitte und quetsche mich auf die Rückbank. Warmer Fahrtwind wirbelt durch die beiden offenen Fenster von vorn. Ich sehe die Jeans des Fahrers, seine Arme im weißen Sweatshirt, seine behaarten Handrücken, seine dicken Ringe an den kurzen Fingern. Neben mir, hinterm Fahrer, sitzt auch einer, das muss der andere Tramper sein. Da kann ich ja nicht so lange hinsehen, nur ganz kurz. Er hat einen Wollpulli an. So einen Norwegerpulli. Im Sommer. So eine Sorte Mensch habe ich schon lange nicht mehr gesehen. Ein bisschen landstreicherartig. Ein bisschen wie aus einer anderen Zeit. So genau dahinzugucken, traut man sich nicht. Ich starre also geradeaus und nach unten, wie im Fahrstuhl, und konzentriere mich aufs Atmen.

»Dein Nachbar braucht ein bisschen Unterhaltung«, sagt der Fahrer und deutet mit dem Daumen auf die Rückbank.

»Macht 'n Mund nicht auf, der Pullimann«, sagt der Beifahrer.

Und dabei bemerke ich diesen Geruch. Einen wilden Geruch von einer Haut, die noch die Sonne abstrahlt, und nach Gras, nach Erde, nach Leder vielleicht. Ein schwerer Geruch, der da zu mir herüberkriecht wie eine starke Hand. Mir ist klar, dass der Geruch nicht von den Jungs da vorn kommen kann.

Ich sehe, wie der Fahrer den Rückspiegel auf mich einstellt und mich anlächelt. Aus der ersten Reihe werde ich bestürmt und gefragt, wo's denn hingeht, ob ich nicht

Lust hätte, um die Häuser zu ziehen, ins *Bella*, später vielleicht ins *Redlight* oder ins *Alcazar*. Und 'ne Menge Spaß haben. Mit ihnen hätte ich garantiert eine Menge Spaß. Die Typen sind aber nicht mein Ding. Die Läden kenne ich nur vom Hörensagen. Alles nicht mein Ding.

»Nicht mein Ding«, sage ich.

»Könntest tierisch was verpassen«, sagt der Fahrer.

»Scheißetierisch was verpassen«, sagt der Beifahrer.

Dann herrscht Stille. Auf der Rückbank liegt der Geruch. Wie Theaternebel steigt er von unten herauf. Ich drehe mich zu meinem Nachbarn rum und frage:

»Und . . . was machst du noch, heute und sonst so?«

Doch er sagt gar nichts.

»Redet nicht mit jedem«, sagt der Beifahrer.

»Nicht mit jedem«, sagt der Fahrer, »nur mit sich und mit seinem Pulli.«

Die beiden lolen los. In diesem Moment öffnet mein Nachbar seinen Mund. Ganz langsam. Man weiß noch nicht, ob er gleich gähnen wird oder beißen. Oder sprechen. Dabei guckt er weiter geradeaus. Dann sagt er mit dunkel-belegter Stimme:

»Die Veddel, ein Imbiss am Hafen und ein Kontrabass.«

Der Rest im Wagen schweigt. Ich muss ihn mir genauer ansehen. Er guckt streng geradeaus. Es ist ein mächtiges Kinn, was sich da über den Rollkragen erhebt, und die schwarzen Haare sind hinten zu einem Zopf zusammengebunden. Aber nicht mit einem Zopfgummi und nicht mit einer Haarspange. Das ist ein Haushaltsgummi, so ein Einmachgummi, wie sie bei uns immer in der Küchenschublade lagen, als Mama noch bei uns gewohnt hat. Die werden nach einer Weile porös. Und wenn das Gummi reißt, dann fallen ihm die Haare auf Schulterlänge. Ich habe Ben gesagt, er soll sich die Haare mal wachsen lassen, das sähe cool aus. Aber Ben trägt die Haare ultrakurz. Er kann sich's leisten, weil er hübsch ist; also von mir aus. Mein Nachbar hier könnte die aber auch kurz tragen. Blass ist er, mit starkem Kiefer. Wie ein scheues, wildes Tier. Er sieht so ganz anders aus. Er sieht schön aus. Das neben mir ist ein bildschöner Mann, der gar nicht weiß, wie schön er ist. »Ein ungeschliffener Diamant«, sagt mein Vater zu so was.

Dafür dass ich meinen Nachbarn nur kurz angeschaut habe, schreibe ich ziemlich viel. Der Beifahrer sagt, sie hätten ihn aufgeladen, weil er so einsam an der Bushaltestelle gestanden hat – und jetzt redet der kein Wort mit ihnen.

»Keine drei Sätze«, sagte der Fahrer.

»Keine scheißdrei Sätze«, sagt der Beifahrer.

Ich schaue wieder zu meinem Nachbarn. Ich spüre, wie seine Unterarme und seine Hände zittern.

»Is' das jetzt Verarsche oder ist das deine Meditationstechnik, Mann? Weißt du, ein paar Sätze wärn halt nett, ein Witzchen, ein Danke, wir erwarten ja gar nicht viel, wir haben dich mitgenommen, bevor du in deinem Wollkleid an der Haltestelle vergammelt wärst, aber 'n bisschen Schwung darf schon in die Bude kommen, ey, Mann, es ist Freitag, Gute-Laune-Tag . . .«

Während der Fahrer sich so in Rage redet, hat sich der Beifahrer nach links gedreht und verpasst dem Menschen mit dem Pulli vier kleine Schläge mit der Faust gegen den rechten Oberarm. Dabei sagt er: »Scheiß-biss-chen-Schwung!«

Ich weiß nicht, womit die Schläge eher Ähnlichkeit haben: mit einem aufmunternden Klopfen auf die Schulter oder mit einem Kinnhaken.

Mein Nachbar zittert heftiger, er hat die Augen aufgerissen und presst seinen Atem aus dem Mund. Er hat große, gerade weiße Zähne.

Der Fahrer stellt seinen Rückspiegel um, wohl um meinen Nachbarn im Auge zu behalten. Der fängt jetzt an zu stöhnen, atmet schnell; kurz ein und länger mit einem tiefen, brummenden Ton wieder aus. Dabei starrt er geradeaus auf die Rückenlehne. Er zittert am ganzen Leib und ballt seine Hände zu Fäusten.

»Lasst ihn«, sage ich, »lasst ihn.« Ich rücke in die Ecke.

»Ey, der macht jetzt hier in die Hose, oder was? Ist das 'n Anfall – oder tust du nur so, verdammt, verdammt?«, ruft der Fahrer.

»Halt ihn fest.« Der Beifahrer schnallt sich ab und stakst mit einem Bein über die Handbremse nach hinten. Er hält meinen Nachbarn am Ärmel fest. Der Fahrer tritt das Gaspedal durch und reißt am Schalthebel, ich werde in die Rückenlehne gepresst. Der Wagen schwenkt auf den Seitenstreifen. Dabei jault der Beifahrer auf, setzt sich wieder auf seinen Platz und hält sich das Schienbein. Der Fahrer schmeißt seine Tür auf und fächelt mit einem Autoatlas Luft ins Auto. Alle atmen heftig.

Das Zittern meines Nachbarn wird langsamer, der Kniff seiner Augen entspannt sich etwas. Er öffnet die Augen und wirft einen scheuen Blick nach vorn und einmal, mit einer kurzen Kopfbewegung, wie ein Vogel, zu mir. Dann öffnet er wieder in Zeitlupe seinen Mund und sagt:

»Martin Luther.«

»Der ist verrückt. Mann der ist voll verrückt. Vielleicht haut der gleich los. Der denkt, er ist Martin Luther. Soll'n wir gleich nach Ochsenzoll fahren? Sasch, du hast den doch aufgeladen. Der ist doch gefährlich, oder, Sasch? Zwangsjacke. Größenwahnsinnig. Plemplem. Wir schmeißen ihn raus. Gleich hier. In Veddel gibt's 'n Haufen von der Sorte«, sagt der Beifahrer.

»Scheiß Martin Luther«, sagt Sasch.

Wir sind bereits in Ottensen. Mein Nachbar hat sich ein bisschen beruhigt. Zwischendurch dreht er sich zu mir, aber seine Augen schauen mir nicht ins Gesicht. Sie scheinen gläsern auf meine Hand zu blicken, auf meine linke Hand, auf meinen Ring. Vielleicht, denke ich, ist er blind, oder taub. Ich atme seinen Geruch. Ich erwische mich bei dem Wunsch, dass ich gern seinen Geruch an den Händen hätte. Dabei kann ich nicht mal die Farbe seiner Augen benennen. Die sitzen so tief. Der Fahrer ist ausgestiegen und klappt seinen Sitz vor, aus seinem Mundwinkel hängt eine glühende Zigarette.

»Raus mit dir«, ruft er in die Luft, »da geht's zum Hafen und da«, er ruckt mit dem Kopf zur Seite, »nach Veddel. Am besten du schwimmst dahin.« Er zieht meinen Nachbarn an seiner Umhängetasche nach draußen. Der leistet keinen Widerstand. Er richtet sich auf. Er überragt, an der Fahrertür stehend, den Fahrer um einen Kopf. Ein starker Riese.

»Danke.« Der Riese geht einen großen Schritt Richtung

Fahrbahn und bleibt mit dem Rücken zu uns stehen. Er schaut in den Himmel. Er fasst sich an die Ohren und macht da irgendwas. Ich glaube, der zieht sich Ohrstöpsel aus den Ohren. Er steckt sie in die Hosentasche.

»Ich steig hier auch aus«, sage ich, »hab's nicht weit von hier.«

Das ist gelogen.

»Pass auf, wart einen Moment, der Idiot kann gefährlich sein, der ist unberechenbar«, sagt der Beifahrer, »fahr ein Stück mit uns weiter.«

»Ich steig aus, danke«, sage ich und rücke auf der linken Seite aus dem Wagen.

»Wie heißt du?«, fragt der Fahrer.

Ich sag's ihm.

Er sagt: »Take care«, und geht einen Schritt auf mich zu, und ich geh zwei Schritte zurück. Noch mal. Er zieht den rechten Mundwinkel nach oben und spielt mit dem Autoschlüssel, als wär's ein Klappmesser. Dann gibt er auf und steigt ein. Er jagt den Wagen auf die Straße. Idiot. Warum habe ich meinen Namen gesagt?

Als ich mich umdrehe, ist mein Nachbar mit dem Pulli nicht mehr zu sehen. Ich drehe mich nach allen Seiten um, ein Bus streift mich um Haaresbreite. Hinter mir geht es runter zur Elbe. Ich vermute ihn eher dort, meine Beine wechseln sich beim Laufen ab. Der Hafen mit seinen vielen Lichtern sieht aus wie vor einem Fest.

Er kann doch noch nicht bis da unten gekommen sein? Wo steckt er, er ist doch kaum zu übersehen? Ich laufe auf der Wiese zwischen der Straße und dem Abhang zum Hafen und werfe Blicke nach links und nach rechts. Mein

Handy schlägt an, ich ziehe es aus meinem Beutel: »akla? sind im cult. wasa. ben.« Ich müsste ihm antworten, ich will jetzt aber nicht. Und warum will ich nicht? Was mache ich hier? Renne in Altona einem wildfremden Kerl hinterher. Bin ich blöd? Selbst wenn ich ihn finde – was dann? Ich bleibe stehen. Ich werde jetzt die SMS beantworten und mich auf den Weg zu Ben und den anderen machen. Da leuchtet etwas im Busch. Aus einem riesigen Busch, Rhododendron oder so, knapp über dem Boden. Es schwingt langsam im Halbkreis hin und her. Eine Taschenlampe? Es ist ein Handydisplay. Ich werde da nicht hingehen. Oben rasen die Autos, hier ist kein Mensch, im Windschatten zwischen Autos und Schiffen. Nur ein paar Kaninchen beschnuppern den Rasen. Ich schwenke mein Handy in gleichem Takt hin und her und warte, was passiert. Da kommt jemand unter dem Busch hervor. Das ist er. Er steckt sein Handy in die Umhängetasche und geht auf mich zu, den Kopf gesenkt. Er geht wie ein Tiger. Ein scheuer Tiger. Scheue Tiger gibt es doch gar nicht.

»Hallo«, sage ich.

»Hallo«, sagt er und: »Danke schön.«

»Danke schön« in zwei Worten. So habe ich das seit Jahren nicht mehr gehört, nicht mal von kleinen Kindern im Fernsehen. Er sieht mich immer noch nicht an. Er sieht zum Hafen.

Da stehen wir.

»Da stehen wir«, sage ich. Wie bescheuert von mir. Ist doch logisch, dass wir da stehen. Aber er könnte auch mal was sagen. Was bemühe ich mich eigentlich um diesen Exoten?

»Was hat es mit dem Imbiss am Hafen auf sich?«, frage ich.

»Meine Mutter Stork«, sagt er, »den macht meine Mutter.«

»Und mit dem Kontrabass?«, frage ich weiter.

»Spiele ich«, sagt er, »immerzu.«

»Und mit Martin Luther?«

»Wenn man nicht anders kann«, sagt er. Er guckt mich dabei kein Stück an, guckt in die Ferne wie ein Indianer.

»Wenn *du* nicht anders kannst, meinst du?«

»Ja.«

»Du bist rätselhaft, findest du nicht?«

»Vieles ist rätselhaft«, sagt er.

»Du machst nicht gern Smalltalk«, sage ich.

»PI-MP 6666«, sagt er.

»Was?«, frage ich.

»Das Kennzeichen«, sagt er.

»Von den Deppen eben?«

»Ja«, sagt er, »PI-MP 6666.«

»Ich muss jetzt gehen.«

Wieder blöd von mir. Er sagt nichts. Ich bleibe trotzdem stehen. Noch muss ich gar nicht gehen. Ich nehme mir einfach Zeit. Seine Hände hängen an seinen Seiten herunter. Er steckt sie nicht in die Tasche, er steht einfach da, auf beiden Beinen, ohne Pose. Große Hände hat er. Ich bin überzeugt, dass sich die Haut seiner Hände rau und rissig anfühlt. Wenn er sagt: »Wolltest du nicht gehen?«, oder: »Musst du nicht gehen?«, dann gehe ich. Sonst bleibe ich einfach. Ich fühle mich nicht bedroht. Ich fühle mich sicher. Seine großen Hände. Ich möchte mehr über ihn wissen. Ich habe das Gefühl, ich könnte mit blöden Sätzen jetzt etwas kaputt machen. Etwas ganz Zartes kaputt machen. Wir sehen runter zur Elbe. Man könnte was über die Elbe sagen. Weil ich glaube, ich müsste was reden, erzähle ich in die Stille hinein:

»Meine Schwester und ich haben vor ein paar Jahren zum ersten Mal versucht, ein Feuer am Elbstrand zu machen, spätabends. Wir hatten massenweise diese Anmachklötze vom Kamin zu Hause geklaut und darüber Treibholz getürmt. Dann haben wir die Klötzchen angezündet, aber die sind schnell abgefackelt, das feuchte Holz hat geraucht. Schließlich ist das Ganze ausgegangen. Da kam, aus dem Nichts, ein gebeugtes Mütterchen daher, wie im Märchen. Sie hat gefragt, ob sie uns das zeigen soll, mit dem Holz und dem Feuer. Wir haben genickt. Sie hat uns Reisig und kleines loses Holz sammeln geschickt, unter den Hecken. Außen müsste es trocken sein und innen braun. Sie selber hat kleinere Stöckchen gesammelt, vielleicht daumendick. Ohne ein Wort zu sagen, hat sie jedes unserer Hölzer geprüft, hat ein paar verworfen und dann sorgsam eins übers andere geschichtet. Dann durften wir das Treibholz bringen. Ich musste ihr einen Kassenzettel aus meinem Portemonnaie geben, den hat sie zusammengeknüllt, angezündet und unter die Pyramide gesteckt. Dann ist sie gegangen. Das Feuer hat sich ganz schnell in die Höhe gefressen und so lange gebrannt, bis wir nach Hause mussten.«

Er sagt: »Ich muss noch nicht gehen. Eigentlich muss ich selten wohin.«

»Ich heiße Freya«, sage ich. »Und du?«

»Ich bin August. Aus der Veddel.«

»Der Kontrabassisst, dessen Mutter einen Imbiss hat«, ergänze ich und schaue ihn an, aber er lächelt nicht zurück. Vielleicht ist er doch stärker gestört. Vielleicht hat er null Sinn für Humor, ist stocksteif und versauert auf jeder Party. Trotzdem bleibe ich stehen.

Er greift in seine Tasche und holt eine Packung Streichhölzer heraus. Er schiebt sie vorsichtig auf und lugt hinein, sodass ich fast denke, es hockt etwas darin, ein Insekt. Aber er holt einfach ein Streichholz, lässt es kurz aufflammen und legt den Kopf ein bisschen schief, sagt: »Ich kenne einen kurzen Weg zum Strand«, und geht bergab.

Ich folge ihm. Ich bleibe hinter ihm und tippe in mein Handy: »noch im bus – melde mich, f.« Gelogen. Schon zweimal gelogen heute.

Wir schlagen uns durchs Gebüsch, er voraus. Zwischen zwei Mietshäusern durch, über einen Zaun. Er ist schnell – ich habe ihn verloren, Mist. Er ist um die Ecke gebogen und jetzt ist er weg. Ich gehe ein Stück zurück, da ist nichts. Dann renne ich ein Stück in die ursprüngliche Richtung. Verdammt. Folgst einem fremden Typen ins Dunkle. Tolle Aktion, Freya!

Ein Hund schlägt an. Ein Bewegungsmelder schickt mir Rampenlicht: Dahinten steht er an der Ecke. Ich winke. Er winkt zurück, ganz schüchtern nur auf Höhe der Brust. Ich hoffe, dass er mich nicht hat rennen sehen. Wir gehen gemeinsam weiter, wortlos. Eine Lagerhalle folgt, dann Appartementhäuser, dann empfängt der Sand meine Füße. Über den Tag hat er sich aufgewärmt. August stürmt los.

Er nimmt einen Stock und zirkelt unten am Fluss einen großen Kreis um sich herum in den Sand.

»Unsere Picknickdecke«, sage ich.

»3,142 mal Radius zum Quadrat«, murmelt August, »also, bei 50 Zentimeter Radius 7.855 Quadratzentimeter. Also 0,7855 Quadratmeter.«

»Hast du das gerade ausgerechnet?«

»Der Radius ist nur geschätzt. Der Rest ist einfach da. Schätzen gefällt mir aber weniger als rechnen.«

»Soll ich jetzt Feuer machen?« Er nickt. »Hilfst du mir?« Er nickt zweimal.

Wir gehen in entgegengesetzte Richtungen. Ich komme zurück mit einem Haufen Äste, alt und vertrocknet. August hat zwei Stöckchen gesammelt. Zwei ganz kleine, genau ausgewählt. Wir schichten eine kleine Pyramide. Einmal da berührt meine Hand versehentlich die seine. Mein Herz jagt wie eine Nähmaschine. Ich kann ihn wieder riechen, doch dann überwiegt der Geruch von Holzbrand. Vor uns schlagen kleine Wellen an den Elbstrand, hinter uns knistert das Feuer und ich hole die Weinflasche aus der Tasche und stelle sie zwischen uns. Er liegt auf dem Bauch und starrt, Kinn auf die Hände gestützt, aufs Wasser. Ich sitze und stütze mich mit den Ellenbogen nach hinten ab. Vor uns gleitet ein Containerschiff elbabwärts. Eine Kulisse. Die ganze Szene ist wie im Film, aber ich finde keinen passenden Dialog. Vielleicht will er nicht reden. Warum auch immer reden? Schweigen ist besser. Warum nimmt er nicht die Weinflasche und öffnet sie mit irgendeinem Trick, wie andere Jungs?

In diesem Moment greift er sich die Weinflasche und

bohrt sie mit dem Hals vor sich tief in den Sand, dann stützt er das Kinn auf den herausschauenden Flaschenboden.

»Alles in Ordnung mit dir?«, frage ich.

»Alles gut«, sagt er, »gut.«

Wie fein der Sand in meiner Hand ist, wie warm der Abendwind auf meinem Hals. Ich könnte hier am Strand übernachten. Was hatte er noch vor?

Ein Schiffshorn ertönt.

»Ein Fis«, sagt August.

»Möchtest du mit mir reden?«, frage ich.

»Bin nicht gut darin, mit Leuten zu reden«, sagt er. »Rudi sagt es, meine Mutter sagt es, die Lehrer sagen es. Ich versteh die Dinge oft falsch, die zwischen den Menschen passieren, gerade die ohne Worte. Aber ich bin froh, dass ich hier sitze. Es ist gut, dass noch jemand da ist, also du.«

Daraufhin bin ich wohl auf ihn zugekrochen, schnell und leise, die ein, zwei Meter, und habe ihn auf die Backe geküsst. Weiß der Teufel, warum, ganz leicht nur, und bin aufgestanden und weggegangen, schnell, im Laufschritt über den Sand und hoch zur Straße.

Ich drehe mich noch mal um, er scheint immer noch auf dem Bauch zu liegen. Aber ich glaube, er hält die Augen geschlossen.

Ich fahre mit der U-Bahn nach St. Pauli. Alle sind schon ziemlich blau.

»Hey, Süße«, sagt Ben, fasst mich an den Hintern und beißt mich ins Ohrläppchen, »wo ist der Wein?«

»Mist«, sage ich, »hab ich im Bus vergessen.«

Rudi, 11. September: Wie August Sätze aufs Papier bringt

Weil August unter meinem persönlichen Schutz steht, will ich natürlich, dass es ihm gut geht, dass er aufblüht wie ein frischer Pickel, nur in schön halt. Also, wie mache ich das, mit so einem seltenen Exemplar? Noch mal, dass das klar ist: Wir sind nicht im Zoo. Andererseits kommt August alleine nicht klar. Auf sich gestellt, würde er eingehen, deshalb ist er schon so was wie ein exotisches Tier. Er braucht eine Gebrauchsanleitung fürs Leben von Kumpel Rudi. Also vor allem für die Essentials: Frauen, Freunde, Quatschen, Genießen. Es geht doch um Glück, oder? Es gibt ein paar Leute, die protestieren laut, wenn man so was sagt, aber die wissen halt nicht, wie sie es anstellen sollen, und dann sagen sie, es gibt Wichtigeres, Frieden zum Beispiel. Ist schon okay, so was.

Ich habe August kennengelernt, da stand er am Zaun vom Freibad eine Stunde lang. Ganz still. Er hatte diesen Pullover an. Den braunen, er hat ja drei. Er hat sich kaum bewegt. Ich dagegen muss immer rumrennen, deshalb habe ich gedacht: Mann, ey – ist der eingefroren? Immer wieder bin ich gucken gegangen und er stand da. Nach einer halben Stunde bin ich zu ihm hin und hab ihn durch die Hecke gefragt:

»Hallo, sag mal, willste hier rein und traust dich nicht? Willste nur gucken? Wegen den Mädels? Oder bist du verliebt in eine? Ich könnte sie fragen, ob sie mal zum Zaun kommt. Aber besser wär's, du würdest hier reinkommen und deinen Pulli ausziehen – hörst du?«

Er sagte gar nichts.

»Oder soll ich dir ein paar Pommes bringen?«

Da fingerte er plötzlich so 'ne Ohrstopfen aus seinen Ohren und steckte sie sorgfältig in eine Streichholzschachtel, die er anschließend wieder in der Hosentasche verschwinden ließ. Dann sagte er: »Mag keine Pommes.«

Später habe ich dann erfahren, dass seine Mutter einen Imbiss hat. Na, hab ich gedacht, logo, hat sich überfressen mit Pommes. Andererseits: Kein Baby überfrisst sich an Muttermilch und kein normaler Mensch zwischen fünfzehn und fünfundzwanzig überfrisst sich an Pommes. (Muttermilch habe ich neulich mal bei meiner Cousine gekostet. Aber das ist eine andere Geschichte.)

Später hab ich die Pommes von Heidi gekostet: Tomatensauce und Mayonnaise an handgedrechselten, frittierten Kartoffelstäbchen. Fein gesalzen. Ich hab die Adresse von Heidi's Imbiss ans Ende des Buches geschrieben. Wenn einer von euch jemanden kennt, der keine Pommes mag: Bitte dahinzerren.

So. Und jetzt glaubt ihr nicht, dass August Tagebuch schreibt. Ich sage euch: Ihr habt recht! Zumindest früher. Und wie sind jetzt August zum Tagebuch und ich dadurch zu diesem fetten Manuskript gekommen? Na durch mich: Rudi! Beharrlichkeit bis zum Dickkopf. Ich habe auch unsere alte Neufundländerin über acht Wochen dressiert, rückwärts aus ihrer Hundehütte auszuparken.

Das mit Augusts Tagebuch kam so: Nach der Bandprobe gehen wir immer noch weg. Wenn Kojo und Peter dabei sind, gehen wir länger weg, als wir geprobt haben. So isses nun mal, Musik ist eben ein gesellschaftliches Event. August kommt ganz selten mit, und wenn, dann ist er meis-

tens still und trinkt seine Milch. Wir haben uns daran gewöhnt und loungen richtig prima. Sogar Feline geht inzwischen mit. Ganz am Anfang der Band wollte Kojo nach der Probe noch zu irgendeinem Date und Peter hatte einen Auftritt mit einem Balkanorchester. Prompt saß ich da mit den beiden Sorgenkindern. Ziemlich spaßfrei. Wisst Ihr, was Feline bestellt hat: »Eine Koka.« Eine K-O-K-A. Mann, war das peinlich. Zu August habe ich gesagt: »Bestell doch mal was anderes als Milch.« Nicht dass ich missionarisch bin. Ich würde auch nie auf mein Bierchen verzichten. Trotzdem habe ich das mit der Milch zu August gesagt. Schließlich soll man sich mal umgucken in der Welt. Milch als Baby, Milch als Teen, Milch als Twen, Milch als Profi, Milch in der Kneipe – das geht daneben. Ich glaube, irgendwann riecht man dann auch nach Milch. Und wenn man alt ist, nach saurer Milch. Für Chinesen riechen wir Europäer übrigens nach Käsefuß. Hat mir ein Kumpel aus der Türkei erzählt. Der roch jetzt auch nicht gerade nach frischer Bettwäsche. Aber das nur nebenbei.

»Mensch, Kinder«, habe ich gesagt, »wenn ihr nicht so verdammt gut wärt auf euren Instrumenten, dann wärt ihr bei Hausmusik besser aufgehoben. Ihr könntet Mozart oder Haydn klimpern bei Hausmusikabenden. Oder bei Festakten, wo dicke Männer mit Schlips Reden halten, die anfangen mit: ›Ich freue mich, dass Sie so zahlreich erschienen sind.‹ Wo Frauen im Tweedkostüm sich an Schnittchen festhalten, solche Sachen. Aber nix für ungut«, habe ich gesagt, »und nix gegen Wolfgang Amadeus.« (Für Feline ist Mozart ein Gott.) »Auch Joseph Haydn hatte ein spaßiges Leben, glaub ich.«

Feline habe ich auf die Schulter geklopft, sodass sie sich fast verschluckt hätte an ihrer Koka. Und dann saßen wir da, und wenn ich nicht geredet hätte, dann hätte gar keiner den Mund aufgemacht. Und als ich das gemerkt habe, habe ich einfach mal geschwiegen. Und was war? Funkstille. Nur das Schlürfen der Säfte durch die Strohhalme hat man gehört. Dann hab ich gedacht, so geht's nicht weiter. »Ich mach euch jetzt den Sozialpädagogen. Kinder«, hab ich gesagt, »ich möchte mehr über euch erfahren. Ist das okay?« Schließlich spielen wir zusammen in einer Band und man möchte doch wissen, und so weiter und so weiter, reden kann ich ja wie ein Gitarrensolo. Dann habe ich die Fehlkopie von irgendeinem Song genommen, in der Mitte durchgerissen und jedem eine Hälfte mit der Rückseite nach oben hingelegt und gesagt: »Jetzt schreibt jeder von euch Schätzchen mal fünf Sachen auf, die er liebt, und fünf Sachen, die er hasst. Dann weiß ich schon ein bisschen was.«

Die beiden haben von ihren Getränken aufgesehen. Feline hat sofort den Bleistift hervorgeholt, den sie immer beim Musizieren in der Rocktasche hat, und angefangen zu schreiben. Dabei hatte sie das Blatt ganz schräg liegen und ging mit der Nase fast bis aufs Papier. Feline schrieb: »Ich liebe Mozart. Ich mag mein Klavier. Ich mag unsere Chihuahua-Hündin Wiwi, ich mag natürlich Mama, Papa und meinen Bruder Max, jedenfalls manchmal. Dann mag ich noch jemanden sehr gern, aber das wäre ja sogar schon Nummer sieben.« In einer fein säuberlich abgetrennten Spalte daneben stand: »Nicht leiden kann ich Mörder, Räuber, Menschen, die Essen und Musik in sich hinein-

stopfen. Ich mag auch nicht laute Menschen. Und ich mag kein Bier und so. Ich will auch nicht Schätzchen genannt werden, auch wenn das die sechste Sache ist.«

Für August musste ich einen Kuli vom Kellner leihen. August starrte durch sein leeres Blatt hindurch. »Positiv«, schrieb er mit seiner Schrift, die aussieht wie lauter Miniloopings, »es-Moll. Cis-Moll (Tonarten). Triolen. Briefwaagen. Den handlosen Mann. Von Liebe weiß ich wenig.« Direkt daran anschließend stand: »Negativ: Einen Mann namens Liebinger aus der Liebinger Straße. Das Geräusch von Bussen und Flugzeugen, wenn sie nah sind. Wenn mehrere Leute reden. G-Dur (Tonart). Eine Frau Liebinger aus der Liebinger Straße. Fünf ist eine überstrapazierte Zahl. Acht wäre gut. Zum Beispiel.«

Da habe ich ihn gefragt, wer der handlose Mann ist, und August hat geantwortet, dass das eisiger Wind wäre. Und dann habe ich gedacht, ich habe ja keine Geschwister und dass ich mich um August kümmern will. Einfach so. Impuls. Das ist im Moment das Einzige, auf das ich mich verlassen kann. Ich habe am nächsten Tag ein Schulheft DIN A5 gekauft und habe »August: Stichwörter und Antworten« draufgeschrieben und den Zettel vom Vortag eingeklebt. Ich habe August gefragt, ob er was dagegen hätte, wenn ich ihm ab und zu einen Zettel gäbe mit ein oder zwei Wörtern und er alles aufschriebe, was er dazu schreiben wollte.

»Freiwillig?«, hat er gefragt.

»Rein freiwillig«, habe ich geantwortet.

»Werde das mit Herrn Gelinder besprechen«, hat er gesagt und wieder an mir vorbeigeguckt.

August, 2. Juni: 1. Schreibaufgabe von Rudi. Thema: »Genuss«

genuss- . . . nuss. gen. angeboren. milch zum beispiel. 2dl, kalt bei sonne (glas), heiß im winter (tasse) – willmilch. und bassen, bassspielen. und schach. verb: schachen. vielleicht doch auch drängend dringend die frau mit mondsteinfinger, die kein MANN sein dürfte. das aber bedeutet anstrengung. pumpen. unordnung. sinnenraub. das alles ist unerhört.

August, 3. Juni: 2. Schreibaufgabe von Rudi. Thema: »Was ich fühle«

was ich fühle. ?v17 Jahre, 8©?august im mai. glück unbekannte @ strand. unkonstante – herzrhythmus – apfelmus. daraus werde ein kluger klüger.

Rudi, 11. September: Augusts Schreibübungen

Es lief nicht rund mit Augusts Schreibübungen. Er lieferte ganz schräge Dinger ab, mit einer Hausaufgabenmimik im Gesicht. Obwohl manche Sätze was hatten. Zum Beispiel die letzte Reihung vom zweiten Juni, da geht doch was, oder? Aber August ist noch nicht mit dem Herzen dabei. So isses. So nützt mir das nix und ihm auch nicht. Was reitet mich, ihn anzustiften? August ist August. So dachte ich dann, bis zum Nachmittag vom fünften Juni. Aber dann kam August an und fragt mich nach der nächsten Aufgabe. August O-Ton: »Das Heft kippt auf die leere Seite.«

August, 5. Juni: 3. Schreibaufgabe von Rudi. Thema: »Schön schreiben«

für einen leser schreiben, der außerhalb von mir steht, sagt rudi. nach außen schreiben. mich korrigieren. die auto-korrektur macht vor nichts halt. vielleicht ist das gut im leben von august, eine autokorrektur. auto-autorkorrektur. achtung ab hier: mit Autorkorrektur: Die Autokorrektur macht vor nichts halt. Nach dem Punkt greift sie ein. Eingri*fff*ertig. 3 Mal »f«, zwischen den Wörtern eingequetschtes Pfeifen – Luft aus dem Reifffen.

Ich soll auch schön schreiben. Schön ist korrekt und sinnreich und symmetrisch und höflich. Für die Augen und die Zunge und die Ohren, beidseits bitte sehr, mit dreierlei Sinnenmaß. Hässlich ist schwerer.

August, 5. Juni: 4. Schreibaufgabe von Rudi. Thema: »Meine Mutter«

Meine Mutter ist im Hintergrund. Sie ist wie eine Grundierung zu einem Bild. Mütter sind eine Kette von Nabelschnüren: Eine Mutter hängt an einer Nabelschnur und bildet selber eine und so weiter. So hängt eine Mutterkette durch die ganze Menschheitsgeschichte. Rudi sagt, ich soll nicht so kryptisch schreiben. Kryptisch ist selbst kryptisch, es heißt verborgen, versteckt und kommt aus dem Latein, welches man im Vatikan beim Papst spricht. Es hat sich jetzt aber davongeschlichen, das Wort, es war zu kryptisch im Vatikan. Es hat sich eingedeutscht. So ist es, wenn man es bei sich selbst nicht aushält. Jetzt wohnt das Wort bei mir.

Meine Mutter steht früh auf, sie wäscht sich mit voll aufgedrehtem Wasserstrahl, sie trocknet sich fest mit dem Handtuch ab. Sie fährt mit dem Rad raus zum Imbiss, sie brät dort Würstchen, frittiert Pommes und kocht Suppe. Die Suppe wird sehr gern gegessen. »Ohne Suppe«, sagt Mutter Stork, »geht gar nichts. Auch ganz am Anfang der Menschheit war da eine Suppe, eine Ursuppe.« Oft sehe ich meiner Mutter zu, wie sie etwas tut. Manchmal möchte Mutter Stork mich anfassen, aber leider mag ich das nicht. »August«, sagt sie dann, »was wohl aus dir wird?« Dann streicht sie sich selbst eine Strähne aus dem Haar.

Meine Mutter kennt mich noch besser als Rudi. Vielleicht werde ich ihr von der Mondsteinfrau erzählen.

Meine Mutter ist die Stimme, die Essenistfertig ruft, gerade wenn mein Magen mir zuzwickt, dass er Hunger hat.

August, 6. Juni: 5. Schreibaufgabe von Rudi. Thema: »Ich«

Ich. Wurde am 12.8.1995 geboren (Passivum). Das war ein Mittwoch. August im August. Doppelaugust. Mittlere Lebenserwartung (Mann) 79 Jahre, 6 Monate (79,5 Jahre), also mein zu errechnendes Todesdatum der 12.2.2075,

Dienstag. Ende von Ich. Da müsste ich sterben (Aktivum). Nur 0,3 % der Menschen treffen exakt ihr Todesdatum. Das Leben ist unberechenbar. Weil ich immer alle Möglichkeiten denken will, verliere ich mich.

August, 7. Juni: 6. Schreibaufgabe von Rudi. Thema: »Wo ich wohne«

Ich bin in das Haus meiner Mutter hineingeboren. Habe mich hineingewohnt. Im Haus meiner Mutter Stork bin ich gern im Keller. Das Haus ist klein. Ich hätte unterm Dach wohnen sollen. Bin aber lieber im Keller. Da kann man sich nicht verlieren. Ich bin auch gern unter mir, also allein, nicht unter anderen, CUT. Ich habe braune, kurzsichtige Augen, eine große Nase (7,5 cm) und große Hände (15 cm Handteller Längsdurchmesser). Weil ich im Keller die Augen wenig brauche. Und große Nasen riechen gut, also können gut riechen und große Hände können mehr tasten. Deshalb würde ich immer den Keller wählen. Deshalb habe ich den Keller gewählt. Deshalb habe ich diese Augen, diese Nase, diese Hände bekommen. Ich bin ein Sternschnauzenmaulwurf. Es gibt viele interessante Tiere, mehr als Menschen. Ein beliebiger Herr, ein Mann, der Herr Liebinger heißt, der nach dem Büro bei Edeka Butter, Brot, Wurst und Alkohol einkauft, ist beispielsweise weniger interessant als ein Igel. Das ist meine Meinung. Schriftlich macht eine Meinung mehr her. Hermachen ist Tieren nicht wichtig. Außer dem Hirsch.

August. 9. Juni: 7. Schreibaufgabe von Rudi. Thema: »Küssen«. Ich schreibe über das Küssen. Und über das Hauen. In Hamburg. An einem Tag im Juni. In einem fast halbierten Jahr.

Das Wesen hat mich geküsst. Ihren Mund auf mein Gesicht getan. CUT. Der Gedanke fährt eine Acht entlang, schon wieder. Dann soll ich den Gedanken beenden mit dem Wort »CUT«. Das hat mir der Psychologe, Herr Gelinder, gesagt. Dann kommt Ruhe auf. Ich stelle mir bei CUT zum Beispiel eine Schere vor, die den Gedanken abschneidet. Oder eine Brotmaschine. Oder eine elektrische Heckenschere. Oder eine Motorsäge, ein Rasiermesser, einen Karatehandschlag, CUT. Manche Gedanken lassen sich gut schneiden, wie Papier. Andere sind hart wie Alabaster. Ich möchte wieder mehr Papiergedanken haben, weniger Alabastergedanken. Das Wesen ist ein unendlicher Alabastergedanke. Herrn Gelinder werde ich sagen, dass ich diesen Gedanken nicht abschneiden will. Schöner, schnittfester Gedanke. Ich muss Rudi anrufen. Er hat nach den Konzerten weibliche Menschen im Arm und lächelt. Er macht dann immer viele Witze, die ich nicht verstehe. Rudi ist es auch, der mir geraten hat, alles aufzuschreiben. »Deine Gedanken sind außergewöhnlich«, hat er gesagt. »So außergewöhnlich wie dein Bassspiel.« Mit 3 S. Ich werde von solchen Sätzen rot an den Ohren. »Außerdem«, so sagte er, »wird dir das helfen.« Seitdem schreibe ich in ein DIN-A5-Heft von Rudi.

Ich bin noch nie geküsst worden (außer von Mutter Stork, mit Geräusch). Ich bin nicht sicher, wie ich das neue Küssen finde. Es war sehr kurz, warm und trocken. Passt zum Sommer. Es war viel kürzer als in den Filmen. Man küsst oft am Anfang und am Ende. War dieses Küssen ein Anfang oder ein Ende? Es war so kurz, dass man sich nicht sicher sein kann, ob es wirklich da war. Sodass man es sofort zurücknehmen könnte. Sie trägt einen Mondstein am linken Mittelfinger. Als Tier wäre sie ein Rotkehlchen. Herr Gelinder hat mir gesagt, ich soll mir die Menschen vorstellen als Tiere und als Möbel. Ich bin ein Spind. Abgeschlossen.

Ihr Mittelfinger ist etwas zu dünn für den Ring mit dem Mondstein. Der Ring umzingelt den Finger. Warum hat sie mich geküsst? Warum hat sie mich direkt und mitten auf die Backe geküsst? Um mich auszuschalten? Oder um mich anzuschalten? Das werde ich Rudi fragen müssen. Ich schreibe ihm eine Mail, jetzt, mit folgendem Wortlaut: »Rudi – ich bin geküsst worden von einer Fastfremden. Was soll ich jetzt machen? Denke dauernd daran (gerade schon wieder), dabei muss ich doch an den Bass denken, wegen der Aufnahmeprüfung. Der Freund aus dem Keller.«

Eben war ich im Keller. Ich habe gedacht, ich muss den Gedanken an den Mondstein und an das, was daran hängt, vertreiben mit dem stärksten, was ich habe, dem Kontrabass und seiner Musik. Eine Runde habe ich geübt, aber es ging nicht. Ich habe den Bass in den Händen gehalten und ein bisschen darauf herumgestrichen, aber nicht geübt. Das geht so nicht. Bald habe ich Prüfung. Aufnahmeprüfung. Und dann kann ich Student werden, obwohl ich nicht zu Ende auf der Schule war. Vielleicht sollte ich küssen üben. Warum küsst man? Drückt seinen Mund auf anderleuts Haut? Anderhauts Leut.

Die Vorfahren meiner Mutter Stork stammen aus Hamburg, mein Vater ist mir unbekannt, selbst meine Mutter hat ihn nur kurz gekannt. Er kommt aus Russland. August aus Russburg. Vielleicht haben sie sich nicht einmal geküsst.

Einmal hat meine Mutter gesagt: »Wie dein Vater«, als ich nach dem Essen meinen Stuhl nach hinten gerückt habe und das linke über das rechte Bein geschlagen habe, da hat sie das gesagt. Ich habe gefragt, was sie exakt meint. Sie hat gesagt: »Diese Geste.« – »Und was noch«, habe ich gefragt, »was habe ich noch von meinem Vater geerbt?« Sie hat geantwortet, sie hat ihn ja kaum gekannt. »Vielleicht«, sagte sie dann nach einer Pause, »die Musik. Und diesen russischen Ausdruck.«

Abends muss ich manchmal raus aus dem Keller. Oft gehe ich nur zum Dresdener Ufer oder zur Prielstraße, das ist 2 Mal rechts und 1 Mal links herum. Abends, weil dann nicht so viele Leute auf den Straßen rumlaufen. Manchmal fahre ich aber auch mit der S3 und der S1 nach Westen und laufe elbaufwärts Richtung Stadt. Das tue ich jetzt nicht mehr. Weil diese Sache passiert ist. Der Rückbus um 21 Uhr 42 war nicht gekommen. Niemand stand an der Bushaltestelle, niemand gab Auskunft. Da steigen die zwei Männer in ein Auto und fragen, ob ich mit in die Stadt will. Ich gehe nicht gern zu Fremden in Häuser oder Autos. Aber ich muss um 22 Uhr 30 im Bett liegen. Ich konnte nichts sagen und erst recht nichts mehr, nachdem das Wesen eingestiegen war, welches 50 cm rechts von mir saß. Ihre linke Hand, eine schmale Hand, hell wie Alabaster. Zart wie eine Molchflosse, mit einem Ring aus Mondstein. Ein seltener blauer, kalifornischer Mondstein. Formel $K[AlSi_3O_8]$, Härte 6, Dichte 2,6, monoklines Kristall, Silikat. Die Männer von vorne rückten auf. Einer hat mich rhythmisch gegen den Oberarm geboxt. Ich konnte nicht mehr zuhören, ich begann zu schmelzen. Rudi sagt, ich zittere und hechle dann, manchmal schreie ich oder beiße. Ich merke es kommen, aber ich kann es nicht ändern, das Schmelzen. Sie haben mich rausgesetzt, sie haben nicht weitergeschlagen. Irgendwann hätte ich zurückschlagen müssen, das Wesen hat mich besänftigt. Das Wesen, das Wesen, das Wesen, das Wesen. CUT. Das war der besondere Tag. Ich hatte mich im Busch versteckt. Mich versteckt, nur um gefunden zu werden. Ein Paradoxon. Wer spart, will Geld ausgeben. Wer rennt, will ruhen. Wer wach liegt, will schlafen. Das macht unruhig. Es ist zu spät, Rudi anzurufen. Es ist mitten in der Nacht. Viel zu spät. Ich gehe sonst exakt um 22 Uhr 30 zu Bett. Mutter Stork schläft oben. Nicht einmal Bass spielen konnte ich. Das ist neu. Das ist nicht schön, dass die Finger nicht mehr laufen auf dem Bass, ihrem Zuhause. Das Wesen mit dem Mondstein. Das Wesen, das ihren Mund auf meine Backe gedrückt hat. Das Wesen, das ich wiedersehen muss. Das Wesen heißt Freya (muss in die Heia). CUT.

Freya, 11. Juni: »Wieder in der Spur«

Der Typ vom Elbstrand spukte mir im Kopf rum. Spooky. Wenn ich Ben wenigstens die Geschichte erzählen könnte, ohne den Kuss natürlich. Einfach weil es mich so beschäftigt, weil er doch wissen soll, woran ich denke, aber das ist nicht drin; Ben ist nicht der Typ für so was, er ist ein totaler Macho in der Hinsicht, er würde ausrasten.

Ich habe es Paula erzählt, in allen Details. Sie fand es aufregend. Ob er gut ausgesehen hätte, hat sie mich gefragt und da musste ich überlegen. Klar gibt es Männer, die sehen einfach gut aus, ohne Diskussion, Ben zum Beispiel. Und eine Menge Männer, die einfach hässlich sind oder schmierig oder beides, sorry, is' aber so und Paula und ich haben sofort zehn hässliche Jungs aus der Schule aufzählen können. Und dann gibt es diese Riesenmenge Männer dazwischen, die auf drei von zehn Fotos ganz gut aussehen. Paula sagt, unter solchen Männer seien die interessantesten, aber das sagt sie nur, weil sie bei den richtig hübschen keine Chance hat. »Mein seltsamer Mensch vom Elbstrand fällt aber in keine Kategorie so richtig«, habe ich gesagt. »Er ist ein Riese mit großem Kinn, großen Händen und tief liegenden braunen Augen«, habe ich gesagt. »Er hat unmögliche Klamotten an, er bewegt sich seltsam langsam und ich weiß nicht, ob das Hemmungen sind oder gebundene Energie. Aber dass er schön ist, das sagte ich auch schon. Er ist auf eigenwillige Weise schön, aber sein Foto auf dem Handy würde ich nicht in der Clique herumzeigen. Er ist«, habe ich gesagt, »irgendwo schön, aber eben auch schön unheimlich.« – »Ich stell mir den jetzt so zwischen Frankensteins Monster und Winnetou vor«, hat Paula dann gesagt und wir mussten lachen. Das trifft es eigentlich ganz gut. Aber mein Bild von Winnetou wird langsam blasser und ich merke, wie mich das doch beruhigt.

August, 11. Juni, eigene Schreibaufgabe. Thema: »Das Selbst«

Das Selbst wohnt gleich nebenan und ist immer zu Hause. Es ist genauso wie ein Herr Liebinger aus der Liebinger Straße, denkt man. Es grüßt vielleicht sogar zurück und ist doch sehr traurig. Es hat sich an die Wand gemalt und will dem Bild ähnlich werden. Es hat eine Schicht um sich, wie ein Kabel. Und dann sind da Personen, die es umgeben. 2 oder 3, die zu nett sind. Aber es, also das Ich, sagt nur selten Danke, gibt nicht die Hand, lacht und spricht zu wenig. Berührung ist eine Kröte auf der Haut. Ein Kuss ist ein ferner Stern.

Rudi, 12. September: Geht ihr nachts ans Telefon? Und wenn ja: Lohnt es sich?

Hat bei euch schon mal nachts das Telefon geklingelt? Und wenn ja, wer war's? Meine Meinung: Wenn nachts das Telefon klingelt, dann ist es entweder was aus der schlimmsten Kategorie, also Freunde im Koma oder so, oder aber es ist total daneben. Neulich hat's bei mir um drei Uhr nachts geklingelt und ein Typ war dran und hat gesagt, hallo, Bernie hier, wollte nur mal fragen, wie du die Fotos fandst? Ich hab gefragt, welche Fotos, und er hat gesagt, jajaja, das wär bei mir immer so, erst würde ich alle Schweinereien mitmachen und am Morgen danach den Moralischen kriegen. Dann hab ich ihm meinen Namen gesagt und er hat gesagt, das hätte jetzt auch keinen Zweck mehr, und dann hab ich aufgelegt und die Sache war gegessen. Die Fotos hätten mich jetzt aber schon interessiert. Und gestern hat's wieder geklingelt und ich habe gedacht, es wär vielleicht wieder Foto-Bernie. Aber es war August. Ich war total perplex, denn August kann gar nicht nachts anrufen, weil er immer um zweiundzwanzig Uhr dreißig im Bettchen liegt. Das weiß ich ganz genau, weil das natürlich die totale Idealzeit ist, um in einer Band zu spielen. Jetzt stellt euch mal vor, wie wir das hinkriegen, wenn wir um elf p.m. erst anfangen zu spielen? Wir haben am Anfang schon mal Augusts Armbanduhr verstellt; das gab ziemlich Ärger, weil August drei Uhren besitzt und ein Zahlen- und Kontrollfreak ist. Dann haben wir ein Bett hinter die Bühne gestellt, wo er sich zwischendurch mal hinlegen kann, das war der richtige Weg. Inzwischen schläft August vor. Wie vor Silvester, als wir klein waren. Er berechnet, wie viel er vorschlafen muss, und dann tut er das. Wenn Dinge zahlenmäßig stimmen, kann man ihn beruhigen. Also, jetzt stellt euch mal Rudis Gesicht vor, als da nachts um zwei der August an der Muschel nuschelt. Er sagt: »Es ist was passiert.« Ich denke: Gut, August ist dran, wenigstens kein Besoffener vom Kiez. Und dann stottert August so rum, ich denke, gleich schmilzt er. Ich mache also beruhigende Laute, alles klar, kein Problem, spuck's aus und so weiter. Und dann hört man, wie er schluckt. Dann sagt er: »Ich bin geküsst worden.« Findet ihr das einen Anruf um zwei Uhr wert? Unter Freunden? Kojo, unser Sänger, wäre ja, wenn man nach jedem Kuss telefonieren müsste, nur noch am Telefonieren und, unter uns, ich hätte auch öfter mal den Hörer in der Hand, wenn ich nach dem Küssen noch eine Hand freihätte.

»Okay«, sage ich, »freut mich für dich. Wie heißt sie denn?«

»Freya«, sagt August.

»Und wo wohnt sie?«

»Keine Ahnung«, sagt er.

»Und, bist du verliebt?«

August: »Ich weiß nicht, wie das sein soll.«

Das Beknackte an Verliebten ist, dass sie nicht mehr wissen, wo geradeaus ist und wo richtig rum. Ich habe ihm gesagt, er soll sich irgendeinen Yogitee kochen oder eine Milch warm machen und wieder ins Bett gehen. Und wenn er nicht schlafen kann, soll er alles in sein DIN-A5-Heft schreiben. Dafür hätte ich das schließlich besorgt. Und er sollte morgen Abend zur Probe kommen und hinterher könnten wir über alles reden.

Am nächsten Abend war Probe. Mittwochs machen wir Probe im »Loch«, der Kellerbehausung eines Reihenhauses in Groß Borstel. Die Wohnung oder wie man's nennen will gehört einem Freund von Kojo, den keiner kennt. Kojo sagt, sein Bekannter vermietet das weiter, an irgendeinen Geschäfts- und Banktypen, der sich hierher verzieht mit irgendwelchen Liebschaften, zum Koksen und für so Sachen. Das wär ein total leistungsorientierter Leitwolf, fettes Haus, Opernfan, Sportwagen, Dienstboten und so. Aber hier lässt der die Sau raus: vögelt sich mit irgendwelchen Blondinen die Seele aus dem Leib, schläft dann bis in die Puppen, pinkelt ins Waschbecken, sitzt mit Adiletten und Chips vor dem Fernseher und macht die ganzen verbotenen Sachen, die er zu Hause und auf der Arbeit nicht darf. Dieses Kellerloch wär so dermaßen verboten, dass die

Außentür zusätzlich mit zwei Vorhängeschlössern verriegelt ist. In der Tür ist ein Guckloch. Auf dem Klingelschild steht mit Bleistift: »Mimir Regin«. Peter sagt, das ist ein türkischer Name, ganz einfach, aber irgendwas klingelt da bei mir als Germanistikstudent, habe ich gesagt, ich müsste da mal nachsehen. Aber das vergesse ich immer wieder und es ist ja auch nur mit Bleistift geschrieben. Deswegen frage ich Kojo nach seinem Freund und dem Gelegenheitsmieter, aber Kojo schweigt. Sein Freund wär nie da, überhaupt sehr schwer zu erreichen, wenn wir hier mal proben wollten. Der wechselt ständig die Handys. Die Klingel funktioniert auch nicht. Feline will wissen, ob der türkische Mitbürger auch noch woanders lebt, und Peter sagt, der hätte sicher 'ne Dönerbude und 'ne große Familie und würde halt sehr spät kommen. Kojo sagt, mit der Wohnung wär alles okay und mit dem Bewohner auch und wir sollten uns jetzt mal auf die Musik konzentrieren. Aber ich habe gesehen, dass er trotzdem, nachdem er aufgeschlossen hat, erst mal so mit der halben Gesichtshälfte um die Ecke guckt.

August sagt, es riecht nach Seetang und Schnecken in dem Kellerloch. August halt wieder. Es sind zwei Räume da, eine Kochecke und ein Minibad, in dem man nur in die Dusche steigen kann, wenn keiner auf dem Klo sitzt. Der Freund von Kojo hat verfügt, dass man zwar Krach machen kann und auf eigene Verantwortung Drogen nehmen, aber man müsste die Wohnung besenrein verlassen und im Sitzen pinkeln.

Feline sagt, das Kellerloch taugt nur zum Verstecken von entführten Personen und Leichen. Sie zieht auch manchmal die Schublade von dem alten Schreibtisch auf oder guckt unters Bett. Dann setzt sie sich schnell ans Klavier. »Kaum zu glauben«, sagt sie dann immer, »ein Blüthner Flügel in einem Verbrecherverlies.«

Wir haben viel zu proben, Mitte August steht das »Baltic World Music and Fusion Festival« an. Wir haben da einen Auftritt, den hat uns Kojo besorgt, der kennt da wen. Wir spielen aber sicherlich zehn Stücke und haben gerade mal sieben oder vielleicht acht gut drauf, wenn man von Kojos Eigenkompositionen absieht. Kojo bringt immer seinen MP3-Player mit und sagt: »Hört mal, geile Mucke«, und dann hören wir uns das an, aber Kojo kann nicht richtig Noten lesen und versucht dann, auf der Gitarre was nachzuspielen, oder versucht, ein Songbook irgendwo schwarz runterzuladen. Er bringt dann unleserliche Ausdrucke mit. Also muss Feline ran und August, unsere Klassiker. August hört sich das an. Dabei muss man ihn ganz in Ruhe lassen und alle hocken andächtig und unbeweglich auf dem Gammelsofa, während August die Augen geschlossen hält und manchmal komisch mit dem Kopf zuckt, sodass man denkt, der ist in Trance. Dann geht er zum Bass und spielt die erste Stimme runter, in der richtigen Tonart. Dann kritzelt er das auf ein Notenblatt. Das gibt er dann Feline. Feline nimmt es mit nach Hause und arrangiert das. Könnte sein, dass ihr Vater da die Finger mit drinhat; der ist Kantor, also dirigiert am Sonntag die blassen Sänger, die neben den Orgelpfeifen aufgereiht sind. Das ist wie Weihnachten, wenn sie dann wiederkommt, mit fein säuberlich ausgedruckten Notenblättchen für Klavier und die Trompete aus dem Notenprogramm. Kojo singt dann so-

wieso einfach drauflos, aber haarscharf wie original, nur noch besser. Kojo ist einfach der geborene Frontmann, er behauptet, er hätte schon auf dem Wickeltisch getanzt. Die Schlagzeugstimme bleibt bei den Ausdrucken von Felines Vater mal wieder außen vor; scheint ihr Vater nicht draufzuhaben, macht aber nichts. Feline behauptet dann trotzig, ihr Vater klatscht aber gern den Takt oder wippt sogar mit den Sandalen. Es klingt, unter uns, ziemlich gottesdiensttauglich, aber das kriegen wir schon hin, besonders Peter und ich rauen das Stück noch kräftig auf.

Wenn August spielt, sieht es ziemlich außerirdisch aus, die großen Augen im großen Schädel geschlossen und mit einer Körperhaltung Marke »Magenkrampf«. »August«, habe ich ihm mal gesagt, »du musst aufpassen, dass dir beim Spielen keine Spucke aus dem Mundwinkel tropft.« Ja, soll man das als Freund vielleicht nicht sagen? Mundgeruch. Schweißfüße und so Sachen – einer muss es ja sagen oder seh ich das falsch? Andererseits ist er eine beeindruckende Erscheinung, der Musik hingegeben und eins mit ihr. Und einmal ist nach einem Auftritt so eine Schönheit von Frau, die Art, die schon ein bisschen reifer ist und schon etwas angelebt und dabei bildschön, auf August zugekommen und hat ihm directement ins Gesicht gesagt, er wär der faszinierendste Mann, den sie je beobachtet hat. Endlich mal einer, der anders wär. Sie wüsste, von was sie redet. Sie hatte ihm ihre Telefonnummer auf einen Bierdeckel geschrieben und überreicht, und weil August nur auf die Schrift gestarrt hat, habe ich den Bierdeckel entgegengenommen. Ich habe den Bierdeckel noch in irgendeiner Kiste, für alle Fälle.

Um zweiundzwanzig Uhr stampft es dann über uns und wir müssen aufhören zu proben. Immer stampfen sie oder rufen oder beides. Wir haben die Stampfer nie gesehen, aber das sind bestimmt solche jungen, kleinen, fetten Spießer. Es kracht richtig fest auf den Boden, erst dreimal, und wenn wir das Stück noch zu Ende spielen, gleich wieder, vier-, fünf oder sechsmal. Es müssen schwere Füße sein, die da presslufthammermäßig aufs Linoleum hauen. Irgendwann hauen die den Boden durch und versinken wie Rumpelstilzchen.

Überall werden wir rausgestampft, in Wohnungen, Reihenhäusern, Kellern. Wir hatten mal einen Platz im Probebunker in Bahrenfeld ergattert und fühlten uns sicher. Es stank höllisch nach Pisse und Zigaretten, aber es gab drei Meter dicke Wände. Wir fühlten uns wie die Kings und haben richtig laut losgelegt. Aber schon um acht Uhr (!), also zwanzig Uhr, beste Krachmachzeit, ging's los und über uns trampelten die Leute rum und brüllten. Wir dachten erst, die machen irgendeine Therapieform. Peter ist hochgegangen und hat an die Tür geklopft (keine Klingel), um das angemessen zu regeln; als Bläser hat er da Erfahrung. Aber keiner hat aufgemacht. Haben sein Klopfen nicht gehört. Also haben wir unten weitergespielt, da haben sie wieder angefangen zu brüllen und wir haben gehört, wie sie »Polizeipolizei« riefen. Und da haben wir gedacht, dass das keine Therapie sein kann. Wir haben den Bunker bald gekündigt. In Bahrenfeld zu proben, ist sowieso daneben.

Ich würde diesen Stampfern in Groß Borstel gern mal auf die Rosen pinkeln oder ihnen die Autoantenne verbie-

gen. Was auch gut ist, ist Hundekacke in Zeitungspapier einwickeln, vor der Haustür anzünden und klingeln, dann kommen sie vor die Tür gerannt und stampfen das Feuer aus – und in die Kacke rein. Aber Kojo hat gesagt, wir müssen hier lupenrein bleiben. Also, Feline geht schnell mit Peter zur U-Bahn, ich sage zu Kojo, dass ich mit August reden muss, und Kojo macht sich ein Bier auf und guckt uns zu. Schließlich, habe ich ihm gesagt, geht es um Liebe.

Ich, ganz mütterlich: »Also August, jetzt erzähl mal von Anfang an.« Eigentlich musste August ins Bett, er war unruhig.

»Wir haben ein Feuer gemacht. Am Elbstrand. Sie hatte eine Flasche Wein dabei«, sagt August, »dann hat sie mich geküsst.«

»Vorspiel«, sagt Kojo, »und weiter?«

»Danach ist sie gegangen.«

»Was soll der Geiz«, fragt Kojo, »ich dachte, jetzt geht's richtig los.«

»Geht's ja«, sage ich, »in ihm drin geht's jetzt richtig los.«

»Hmmm«, macht Kojo. »Aber immerhin hatte sie eine Flasche Wein dabei. Also hatte sie was geplant.«

»Konnte sie nicht. Sie hat ihn ja erst auf der Fahrt in die Stadt kennengelernt.«

»Ja und?«, sagt Kojo, »ich hab auch immer 'ne Packung Kondome dabei und 'n Grill im Kofferraum.«

August, 12. Juni: 8. Schreibaufgabe von Rudi. Thema: »August sucht die Mondsteinfrau«. Ich will dazu nichts schreiben. Tue es aber doch und weiß nicht, warum.

Ich war bei Herrn Gelinder. Er ist ein Psychologe. Ich gehe zu ihm in die kleine Wohnung. Ich glaube, dort wohnen mehrere Psychologen. Es hängen dort Drucke von farbigen Bildern an der Wand, auf denen kleine Sprengsel gemalt sind, in Schwarz oder in Rot, vor grünem oder gelbem Hintergrund. Die Rahmen der Bilder sind aus Aluminium. Manchmal, wenn ich eintrete, kommt mir an der Tür eine Frau entgegen, die sich die Augen mit dem Handrücken trocken wischt, während sie sich die Jacke anzieht. Sie braucht ein Taschentuch, wie die Frauen in früherer Zeit. Ich möchte nicht zum Weinen in eine fremde Wohnung gehen. Ich weine nie, ich brülle immer gleich oder schlage.

Von einem Zimmer steht manchmal die Tür offen. Dort steht ein Sofa mit einer schweren Decke darauf, ich glaube sogar, dass das ein Teppich ist. Ich gehe immer in ein Zimmer ohne Teppichsofa, 45 Grad von der Eingangsachse nach links. Dort stehen Stühle aus Drahtgeflecht mit einem Fell darauf. 4 Stühle stehen um einen kleinen Tisch. Auf dem Tisch steht eine große gläserne Vase mit einer Blume darin. Diesmal ist es eine orange Blume. Unter Wasser ist der Stängel ein wenig ausgefranst. Ich habe Herrn Gelinder gefragt, was für eine Blume das ist. »Eine schöne Blume vor allem«, hat er gesagt. Die zutreffende Bezeichnung kannte er nicht. Ich habe das nachgesehen. Es ist eine Strelitzia reginae, eine Paradiesvogelblume. Sie gehört zu den Bananengewächsen. Ich gehöre zu den Klienten. Ich sitze immer links, Herr Gelinder sitzt rechts.

»Wie geht es Ihnen«, fragt mich Herr Gelinder. Er fragt das immer.

Die Blume von letzter Woche steht noch auf dem Tisch.

»Das ist eine Strelitzie«, sage ich, »sie gehört zu den Bananengewächsen. Ich habe es nachgesehen.«

»Danke. Das ist nett. Haben Sie das im Internet nachgeschlagen?«

»Ja«, sage ich, obwohl man im Internet nicht nachschlägt.

»Surfen Sie viel im Internet?«, fragt Herr Gelinder.

»Ja. Durchschnittlich 124 Minuten am Tag«, antworte ich.

»Gibt es etwas, das Sie in der letzten Woche besonders beschäftigt hat?«, fragt er jetzt. Herr Gelinder ist immer sehr höflich. Ob er von der Mondsteingeschichte etwas ahnt? Er ist doch Psychologe.

Ich antworte, dass es das immer gibt. In dieser Woche hätte es mit einem Mondstein zu tun.

»Mit einem Mondstein?«, fragt Herr Gelinder. Er fragt oft in dieser Art nach, obwohl er gut hört.

»Ein Mondstein, an einem Ring, an einem Mittelfinger, an der linken Hand, an einer Frau, in einem Auto, in Hamburg.«

»Möchten Sie mir mehr davon erzählen?«

»Möchten Sie davon hören?«

»Ja, gern«, sagt er und lächelt. Ich bin nicht sicher, worüber er lächelt.

»Ich wurde geküsst.«

Jetzt lacht er. Er scheint sich zu freuen. Küsse werden positiv aufgenommen.

»Sie sagen das, als würden Sie sagen: ›Ich wurde gekidnappt.‹ War es die Frau mit dem Mondstein?«

»Woher wissen Sie das?«

»Denken Sie jetzt viel darüber nach?«

So redeten wir genau eine Stunde lang. Und es war gut. Als ich ging, war ich fröhlich. Ich wusste nicht, ob es an Frau Mondstein oder an Herrn Gelinder lag. Man könnte, wenn man fröhlich ist, einen Luftsprung machen oder in die Hände klatschen. Das fällt mir schwer. Ich sprang aber 4 Treppenstufen auf einmal hinunter. Das hatte ich sonst nie gemacht. Ich wollte Frau Mondstein wiedersehen und Herr Gelinder würde mir dabei helfen. Rudi meinte, ich würde auch Herrn Gelinder wiedersehen, aber vielleicht würde mir Frau Mondstein helfen, ihn nicht wiederzusehen. Das war mir zu verschlüsselt.

In der S-Bahn soll ich auf einen Zettel schreiben, was ich alles über die Mondsteinfrau weiß. »Mondstein«, schreibe ich auf den Zettel. »Freya«, schreibe ich und »Elbe«. Auf Google Maps schaue ich mir die Gegend an. Sie muss mit ihrer Schwester zur Elbe gelaufen sein. Es muss von meinem Startpunkt, der Bushaltestelle, östlich gewesen sein. Also Blankenese oder Nienstedten. Googlen: »Freya, Blankenese, Nienstedten«. 229 Ergebnisse. Beispiele für Rudi: »Nibelungenhäppchen bei Elbe Feinkost«, »Deutsche Immobilien mit Tradition in Nienstedten«, »Elbstrand statt Teutoburger Wald«, »German Auxiliary Patrol Ships«.

Zu viel, ich muss ausatmen. »Dritter Platz im Mädcheneinzelwettbewerb des *TC Blankenese* 2007 für *Freya«* ... Einatmen. Ich gehe sofort auf die Seite: »In einem packenden Endspiel, das von beiden Elternpaaren leidenschaftlich begleitet wurde, setzte sich Juliane Schelp mit 7:6 und 6:3 gegen Johanna von Rexrodt durch. Im »kleinen« Endspiel gewann Freya von Unverzagt-Plotz gegen Fanny Schmidt mit 6:2 und 6:4.«

Von Unverzagt-Plotz, wiederhole ich. Unverzagt-Plotz, Unverzagt-Plotz. Das ist eine Spur, das ist eine Zauberformel. Von Unverzagt-Plotz. Von Unverzagt-Plotz, Von Unverzagt-Plotz, Von Unverzagt-CUT.

August, 13. Juni: 9. Schreibaufgabe von Rudi. Thema: »Warten in Weiß«

Ich rufe Rudi an. Er muss mit mir telefonieren, wenn ich etwas zu besprechen habe. Früher hatte ich nie etwas zu besprechen, jetzt habe ich ihn in 14 Tagen schon 3 Mal angerufen.

Rudi sagt, in diesem speziellen Fall müssen wir uns »vor Ort« umsehen. Er sagt das detektivisch. Das habe ich nicht verstanden, das »Vor Ort«. Wenn ich etwas nicht verstehe, sagt Rudi es noch einmal in einem längeren Satz. Er sagt also diesmal, wir müssen zu dem Ort pilgern, an dem sich Fräulein von Unverzagt-Plotz mit hoher Wahrscheinlichkeit gelegentlich aufhält. Also dem TC Blankenese. Das liegt in einem Vorort, aber das wär hier nicht gemeint. Und wir müssten herausfinden, ob es sich bei Fräulein von UP auch um die Freya aus dem Auto vom 1. Juni handelt.

»Pilgern«, hat er gesagt und ich will erst sagen, dass ich das nicht verstehe, aber ich verstehe es doch. Ich weiß, was pilgern heißt, und muss es auf diese Situation übertragen. Es ist ein übertragener Sinn. Freya ist dabei zum Beispiel Maria und ich möchte bei ihr sein. Ich lege eine Liste an, voll mit Sätzen voller übertragenem Sinn, mit überraschenden Zusammenhängen, damit jeder denkt, ich habe die Weisheit gelöffelt und ich habe alle Räder dran. Auch für Frauen soll das schön sein, dass man eine blumige Sprache spricht.

Rudi macht immer gern Ausflüge. Ich will immer mit dem Fahrrad fahren oder mit dem Bus, Rudi will immer mit dem Auto fahren. Wenn ich will, dass Rudi mitkommt, bestimmt er das Verkehrsmittel, also Auto; will er, dass ich mitkomme, was selten vorkommt, muss er in den Bus steigen, in die U-Bahn oder die S-Bahn. Magnetschwebebahnen gibt es in Hamburg nicht. Das ist zu bedauern.

Er hat gesagt, ich soll weiße Sachen und Turnschuhe anziehen. Ich habe aber gar keine weißen Sachen außer Unterhemden und Unterhosen. Ob ich eine Trainingshose habe. Nein, aber meine Mutter hat eine. Er holt mich ab und wir parken das Auto vor dem Tennisclub. »Meine Güte«, sagt Rudi, als er sich umschaut, »man kann es sich nett machen auf der Welt. Aber erst ab 100.000 netto pro Jahr.«

An der Wand des Vereinshauses hängt das Geweih eines Zwölfenders. Vielleicht ist der von einem Tennisball erlegt worden. Oder von einem ganzen Haufen, beim Training der Seniorenmannschaft. Im Kugelhagel.

»Jetzt tun wir mal ganz unauffällig«, sagt Rudi und

drückt mir einen Tennisschläger in die Hand. Wir setzen uns auf die Terrasse und Rudi liest in der Speisekarte. Da sehe ich hinten auf dem 4. Platz eine Frau, die vielleicht Freya ist. Ich stehe auf und will über den 1. Platz laufen, aber die Männer schlagen heftig mit dem Schläger auf den Ball ein und lassen mich nicht durch, einer rennt sogar ans Netz. Rudi bringt mich zurück, drückt mich auf den Gartenstuhl und redet auf mich ein. Er nickt den Leuten zu, die von den Salatblättchen aufblicken, bis sie wieder auf ihr Essen stieren. Beinahe wäre ich geschmolzen, ich muss auf meine Atmung achten und Rudi ist sauer. Dann darf ich wieder vorsichtig nach hinten schauen und es ist nicht Freya. Vor Aufregung sauge ich meine ganze Milch durch den Strohhalm in den Mund.

Im Tennis zählt der Gewinn der ersten 2 Ballwechsel jeweils 15 Punkte, der 3. aber nur 10 Punkte, obwohl alle Punkte gleich viel wert sind. Eine als Ordinalskala getarnte Kardinalskala. 0 heißt beim internationalen Tennis »Love«, das verstehe ich nicht, aber diesmal versteht Rudi das auch nicht. Vielleicht ist echte Liebe umsonst oder eben nicht zählbar. Das kommt auf meine Zusammenhangsliste. Rudi sieht sich die Frauen sehr genau an, auch die Beine unter den weißen Röcken. Freya kann ich nirgends entdecken. Keine Freya. 0 Punkte. Love.

Rudi wollte sich nach Freya erkundigen, damit wir hier nicht unser ganzes Geld für überteuerte Getränke ausgeben müssen. Er geht auf eine Gruppe weiß gekleideter Menschen mit brauner Haut zu und fragt sie etwas. Er kann so etwas, geht da hin und fragt. Ein Mann mit verschränkten Armen wiegt beim Sprechen leicht den Kopf.

Dann redet eine Frau mit Perlen in den Ohrläppchen mit Mundbewegungen, als müsste sie ihre gewichtigen Worte beim Sprechen kauen. Die Umstehenden schweigen und nicken und nippen an ihren Gläsern. Es gibt wohl viel zu sagen über Freya. Und gelacht wird auch, ganz kurz. Das gibt mir einen Stich.

Als Rudi zurückkommt, weiß er, dass die ganze Familie Plotz, wie sie da heißt, wohl die Lust am Tennis verloren hat, so wie Vater und Töchter den Adelstitel verloren hätten, und dass Freyas Schwester sich wohl am Abitur versucht, was man ja leider nicht kaufen kann, und dass Freya, die, auf Rudis Nachfrage, als »zierlich, apart und sehr eigen« beschrieben wurde, jetzt wohl einen Freund hat und ihr Vater, so die Frau mit den Perlenohrringen, jetzt auch wieder eine neue Freundin hat, aber eigentlich, eigentlich wüsste man nichts Genaues. Gegen einen Freund ist eigentlich nichts einzuwenden. Rudi sagt, in diesem Fall vielleicht schon. Ich soll mir nur überlegen, dass bei so einem Namen sowieso irgendwas im Busch ist. Ich habe mich damals auch im Busch versteckt, denke ich und schreibe das auf meine Liste.

Rudi. 13. September: Feuerprobe

Mit Freund August ging es nicht richtig weiter. Er hatte keine Chance bei der Mondsteinfrau, er hatte wahrscheinlich gar keine Chance bei einer Frau. Dann würde er irgendwann so ein notgeiler alter frustrierter Hengst werden, der den unmöglichsten Frauen hinterherguckt.

Oder er blieb eingekapselt in Formeln, würde weiter Schach und Bass spielen, isoliert in irgendeinem Keller. Ich musste was tun. Außerdem gefiel mir die Projektidee, einen wie August mit einer Frau zusammenbringen. Bisschen reden wär ja schon was. Aber wie bei allen Verkupplungsversuchen: Die Leute wollen zwar einen zum Kuscheln, aber sie wollen, dass es »so ganz spontan« passiert. Wie im Film: Ein Blick und dann lässt man es ganz, ganz suutsche, aber ganz gewaltig anrollen. Bisher hätte ich August gar nicht belämmern wollen mit so was, weil ich gar nicht wusste, ob er eine Frau kennenlernen will. Jetzt aber hatte es ihn erwischt. Verliebt, verschossen, verknallt. Chatten oder Anzeige geht auch, muss ja keiner wissen, dass man so was macht, obwohl es fast jeder macht. Daran ist außerdem die Großstadt schuld, weil sie Singles aus uns macht. Außerdem ist das ja bis zum ersten Treffen auch ziemlich aufregend. Aber Vermittlung oder Kuppeln durch Freunde geht gar nicht, ist absolut tabu. Wenn überhaupt, dann muss es getarnt vor sich gehen. Aber August ist in dieser Hinsicht nicht vermittelbar. Zum Rummachen sucht er, glaube ich, auch keine. Er ist, glaube ich, überhaupt nicht auf der Suche. Er hat sich nur verguckt in diese Frau. Aber auch bei der wird er den Mund aufmachen müssen. Daher Plan B: Ich werde mit August einen Crashkurs im Anbaggern machen. Am besten kann das natürlich Kojo, daher müssen wir den mitnehmen. Dass er ein guter Lehrer ist, glaube ich aber nicht. Außerdem will er bestimmt nichts abgeben. Aber wir planen das genau durch, bis August perfekt ist, Augenaufschlag, Gang, Themenauswahl, Timing. Die Mischung macht's.

»Kojo?« Er hatte nur den Telefonhörer abgenommen und nichts gesagt. Er war entweder betrunken oder er schlief noch.

»Was geht?«

»Es geht ziemlich ab!«

»Gut so. Dann braucht man mich ja nicht.«

Er war wohl gerade aufgestanden.

»Ich würde dich gern für einen Lehrgang mit August verpflichten. August muss lernen, wie man Frauen anspricht. Wenn das einer kann, dann du.«

»Soll er nicht besser in den Schachverein gehen? Oder ins Orchester?«

Ich musste Kojo eine Weile bearbeiten. Wenn er keinen unmittelbaren Nutzen aus etwas zieht, dann sieht er nicht ein, warum er Zeit investieren soll. Er ließ sich überreden, als ich sagte, die Drinks an dem Abend würden auf mich gehen. Für ein paar Gutenachtgeschichten ist er immer zu haben.

Ab neunzehn Uhr (später wollte August nicht) saß August zwischen uns auf einem Barhocker und trank seine Milch.

»August?«, sagte Kojo. Es wurde Zeit, dass was passiert, wir saßen uns bereits seit fünfzehn Minuten auf den Hockern den Hintern platt und Kojo hatte noch nichts getan, außer ein paar Mal müde in der Gegend herumgeschaut.

»Hmm?«

»Wir machen jetzt ein paar Trockenübungen. Die geeigneten Übungsexemplare kommen erst später heute Abend. Sag mal ›Mädels‹.«

»Mädels.«

»Sag mal ›Schnittchen‹. Und sieh mich dabei an.«

»Schnittchen. Warum soll ich das sagen?«

»Es schadt ja nix, du musst einfach mal Vertrauen haben«, sagte Kojo.

»Sag mal ›Chicas‹. ›Bräute‹«, fuhr Kojo fort. »Und dann sag: ›Miezen‹, ›Bürsten‹.«

»Chicas, Bräute, Miezen, Bürsten«, sagte August. Er hätte auch sagen können: »Eimer, Stühle, Besen, Teller.«

»Und jetzt«, sagte Kojo, »sag mal: ›Du Luder.‹ Und zwar ganz ruhig, mit einem Lächeln, ganz tief. Und dabei schau mir in die Augen, als wenn ich eine bildschöne Frau wär. Ja, okay, das ist jetzt echt für Fortgeschrittene. Noch mal. Tiefer. Weniger roboterhaft. Na ja.«

»Können wir nicht erst die Theorie durchgehen?«, fragte August.

»Das Leben ist kein Lehrbuch«, sagte Kojo. »Jetzt sag mal: ›Du hast einen hübschen Mund.‹«

August wiederholte den Satz und viele, viele mehr, die Kojo ihm vorsagte. Er tat mir leid, er kam mir vor wie ein Zirkushündchen. Aber es war zu seinem Besten. War es doch. Dann musste er auf uns zugehen, sich neben uns setzen und einen der Sätze sagen. Aber das Ganze war noch, wie Kojo sagte, seelenlos. Kojo ging wieder eine Stufe zurück. August probte zwanzig Versionen von »Hallo«. Kojo machte sie alle vor: ein Hallo mit lang auslaufendem Ooo und Augenbrauenhochziehen, ein bescheidenes, spitzmündiges »Ist-der-Platz-hier-zufällig-noch-frei-Hallo«, ein dunkles, Mund am Ende offenes Hallo mit einem Schluss-Oh fast wie ein A. August sollte sich anders bewegen, lockerer. August sollte jetzt mal ein Bier trinken. Ge-

rade bei August sei Alkohol therapeutisch wirksam, sagte Kojo, und zu viel Milch sei gar nicht gesund. August mochte den Biergeschmack nicht, auch Wein nicht, Whisky schon gar nicht. Meine Getränkerechnung stieg. Kojo langte richtig zu, er probierte Longdrinks, deren Namen er schon zu Beginn des Abends nicht richtig aussprechen konnte. Dann gingen wir zu Alkopops über. August sollte sie langsam mit dem Strohhalm trinken. Das kam ihm entgegen, das kannte er. Ob da Alkohol drin ist, fragte er. »Nicht direkt«, sagte Kojo. Kojo redete noch ein bisschen, dass man besonders am Anfang den Frauen auch zuhören sollte und sich für die Frauen, ihre Anliegen und Hobbys interessieren. Auch wenn sie über Schuhe redeten. Er machte dazu Beispiele vor. Also wenn sie über verschiedene Modelle sprachen, sollte man nicht über seine Nike-Sneakers sprechen, sondern zum Beispiel sagen: »Ich kann mir aber auch vorstellen, dass dir ein helles Braun am Fuß gut steht. Obwohl ein Schwarz natürlich auf den ersten Blick eleganter wirkt.« Und so was halt.

August sollte solche allgemeinen Sätze bilden zu den Themen Kleidung, Schuhe, Prominente, Musik und dabei weitertrinken. Das Erste gelang ihm nicht, er stockte, er weigerte sich, ich hatte Angst, dass er schmelzen würde. Das Trinken ging ziemlich gut, August schluckte folgsam.

Dann wurde alles anders. Inzwischen saßen in einer Ecke ein paar weibliche Wesen, die, wie Kojo sagte, »diese Bezeichnung verdient haben«. Sie steckten die Köpfe zusammen.

»Schaut mal, wie die die Köpfe zusammenstecken«, sagte Kojo. Er kniff die Augen zusammen, um die drei Frauen

besser sehen zu können. Er war ein Jäger, der Barhocker war sein Hochsitz.

Sie schlugen die Beine übereinander, rekelten sich und schauten, jede für sich, immer wieder kurz an sich selbst hinunter.

»Klassischer Self-Check. Eigentlich eine Übersprungshandlung.«

Sie warfen ihre Haare zurück.

»Ha«, murmelte Kojo, »Haare zurückwerfen. Ein Klassiker.« Eine der drei Grazien schaute herüber. Ich möchte fast meinen, sie schaute nur kurz zu Kojo, dann aber, einen Moment länger, zu August. Sie tuschelte mit ihren Artgenossinnen, dann drehten sich die drei kurz zu uns um. Dann sah man von hinten, wie sie die Schultern kurz nach oben zogen.

»Habt ihr das gesehen? Blickkontakt und Hairflip. Klassische Flirtzeichen. Auf geht's. Hey, was ist das denn, ihr glotzt ja in eure Gläser!«

Wir sollten uns mal locker machen, es wär ja schließlich nur Spaß und er würde das schon machen, wir müssten nur mitziehen, wenn er uns ein Zeichen gäbe. August sollte ganz ruhig bleiben. August schluckte und nickte. Ich fand ihn sehr tapfer.

»Ich möchte aber keinen Gruppensex«, sagte er. Kojo erhob sich und stiefelte (er hatte tatsächlich Lederstiefel an) auf die Gruppe der Frauen zu. Kojo sah gut aus, wie er sich von uns entfernte, ein bisschen cowboyhaft, die Arme in lockerem Schwung, ein bisschen wie dieser Schauspieler, auf dessen Namen ich gerade nicht komme. Ob er das auch fände, fragte ich August. Aber August antwortete

nicht. Er hatte sich sein halb leeres Trinkglas vor ein Auge gehalten und glotzte mich dadurch an. Er lächelte ein bisschen blödsinnig und leer. Er sah mich direkt an, zwar durch das Glas, das sein Auge ungewohnt vergrößerte. Zum ersten Mal nahm ich sein Auge war. Groß und braun und tief in der Augenhöhle. Dann drehte er sich im Kreis wie ein Leuchtturmfeuer und blickte sich, geschützt durch seine gläserne Linse, im Raum um. August war betrunken.

Kojo stand neben den Frauen an der Bar, hatte den linken Ellenbogen auf die Bar gestützt, den Kopf hatte er ganz lieblich und zahm in die aufgestützte Hand gelegt und lächelte den Damen abwechselnd zu. Sie kicherten und giggelten und ruckelten auf ihren Barhockern hin und her.

Kojo rief jetzt zu uns herüber: »Hey, Jungs, nicht so schüchtern, die jungen Damen beißen nicht.« Ich ließ mir das nicht zweimal sagen. Kojo war wirklich fantastisch! Alles war vorbereitet, ich fühlte mich bestens. Und August? Wollte nicht mit. Jetzt hatte ich es satt. Ich war ja hier nicht verantwortlich, oder? Und kriegte keinen Cent fürs Babysitting. Ich sagte ihm, er sollte dann halt hierbleiben, ich würde mich melden, es könnte aber heute mal sein, dass er allein nach Hause müsste. Und er solle nicht mehr von dem süßen Zeug trinken.

Ich ging rüber zur Bar, zu Kojo und den Frauen. Kojo erzählte inzwischen mit ausladenden Gesten die Geschichte, wie sich seine kleine Schwester in der Mülltonne versteckt hätte, als er seine Eltern besuchte. Man hätte seine Schwester nicht gefunden, bis er, Kojo, sie beim Eintreffen der Müllabfuhr gerade noch gerettet hätte. Dazu sollte man vielleicht noch wissen, dass Kojo Einzelkind ist und *sein Schlafzimmer immer noch direkt neben dem Schlafzimmer seiner Eltern liegt. Aber das wussten die drei Frauen nicht.*

»Ahhh«, sagte Kojo, als ich eine Weile an der Bar gestanden hatte, »und das, meine Damen, das ist unser Schlagzeuger Rudi.« Das hatte natürlich zur Folge, dass die Frauen wissen wollten, in welcher Band wir spielten, und dass Kojo zufällig die Fotos vom letzten Auftritt auf seinem iPod hatte. Alles lief bestens. Mir gefiel die dunkle am besten, die Rieke hieß. Rudi und Rieke, Rieke und Rudi. Vielleicht war mein Name doch nicht so schlecht. Rieke musste sich ganz schön weit rüberbeugen, weil Kojo ja Gott sei Dank einen iPod hatte und kein iPad. Ich atmete sie ganz tief ein. Sie roch nach Feigen. Ich mag Feigen. Jedenfalls mochte ich sie in diesem Augenblick. August hatte ich fast vergessen. Fast. Bis sich jemand auf meiner linken Schulter abstützte. Ich dachte schon, es wäre vielleicht eine der Frauen, aber die saßen alle über die Fotos gebeugt. Es war August. August lehnte sich an, nicht weil er das gewollt hätte, einfach weil er nicht mehr gerade stehen konnte. Er blickte glasig und unverhohlen in mein Gesicht.

»Und das«, sagte ich zu Rieke, »ist unser Bassist August. Kontrabassist.«

»Hallo«, sagte Rieke und schaute irritiert auf den schwankenden August.

Auch August wollte etwas sagen. Dabei holte er richtig aus zum Sprechen. Er stellte sich breitbasig und freihändig mitten in den Raum, sodass wir nun alle und ein paar andere in dem Laden auf seine Erscheinung starrten, die angesichts der niedrigen Decke noch größer wirkte. Er zog das Kinn an die Brust, öffnete ganz langsam den Mund, holte tief Luft und lallte, zu Rieke gewandt, die zwei Worte: »Hallo, Luderbürste!« Dann erbrach er sich auf den Boden. Alle stoben auseinander. Das mit Rieke würde sich also verzögern. Na ja. Also alles in allem trotzdem ein unvergesslicher Abend.

Freya, 20. Juni: »Vielleicht ist Friseuse gar kein so schlechter Beruf.«

Hilda hat Probleme mit Mathe. Es steht auf der Kippe mit ihrem Abi. Hatte ich ja schon früher gesagt. Klaus meint, es stünde ihm als Vorstandsmitglied einer führenden Privatbank schlecht an, dass seine Tochter an Mathematik scheitert. Nein, es sei schlicht »undenkbar«, eins seiner Lieblingswörter. Er hat eine Riesenszene gemacht. Natürlich dächte er auch an Hildas Probleme. Sie wolle doch wohl nicht als Friseuse enden. Hilda sagte, sie hätte eine klasse Friseuse. Die wär charakterlich völlig in Ordnung und der Beruf macht ihr Spaß, das würde man einfach merken. Mathe ginge sowieso am Leben vorbei. Damit, finde ich, hat sie ausnahmsweise recht. Das habe ich aber nicht gesagt. Klaus wollte »richtig was investieren in die Zukunft seiner Tochter«. Er wollte sich mal erkundigen, wer ein richtiges Ass in Mathe sei. Dann war erst mal nichts passiert, weil Klaus drei Tage in Shanghai war. Danach hat er wohl viele Telefonate gemacht. Er nannte das Projekt »Mathe-Dämmerung«. Er kennt ja tausend Leute. Ich war mal mit ihm in der Oper und musste ständig Hände schütteln. Er ist im Rotary Club. Erst hat er Herrn Neuwahl, Hildas Mathelehrer angerufen, wie viel Spielraum für Hilda vorhanden sei und ob er eine Empfehlung habe. Anschließend hat er einen Mathematikprofessor aus seinem Rotary Club angerufen. Dann hat er mit verschiedenen Nachhilfeorganisationen gesprochen. »Man wundert sich«, hat er gesagt, »wie viel Geld diese Leute heutzutage für nicht ausgebildete Kräfte haben wollen.« Jetzt aber hätte er die ideale Lösung gefunden. Am nächsten Dienstag um achtzehn Uhr sollte Hilda sich freihalten, da käme ihr neuer Mathenachhilfelehrer. Das »Freihalten« klang wie das »Freimachen« beim Arzt. Zu jenem Zeitpunkt träfe, hoffentlich pünktlich, ein gewisser Herr Stark oder Stroke ein; die Dame am Telefon habe genuschelt. Offensichtlich sei dieser Mann eine mathematische Hochbegabung.

Rudi, 14. September: August-Pause

Jetzt war mal ein bisschen August-Pause. Ich hörte ein paar Tage nichts. Wir ließen eine Probe ausfallen, was Feline »aufs Höchste beunruhigte«. Einmal rief ich Augusts Mutter an, wie es August geht. Sie wollte wissen, was da los gewesen wäre. Eigentlich hätte Sie immer Vertrauen zu mir gehabt. Diesmal aber wäre sie »drauf und dran« gewesen, die Polizei zu rufen. Als August nach Hause gekommen wäre und sie ihm im Nachthemd entgegengetreten wäre, habe er zu ihr »Mama-Mieze« gesagt, was es noch nie gegeben hätte. Dann hätte er zwölf Stunden geschla-

fen. Inzwischen sei er wieder der Alte: Schule, Üben, Helfen, zweiundzwanzig dreißig ins Bett. Sie wüsste ja, dass er wohl allmählich irgendwie zum Mann würde, aber ich sollte ihn vor dem Saufen bewahren, das täte ihm gar nicht gut. Und sie wolle nicht, dass er irgendwann hinter *der Imbisstheke steht, statt davor.*

Freya, 22. Juni: *»Ben und August«*

Natürlich habe ich gedacht, dass dieses Zusammentreffen mit August halt so ein kleiner Zwischenfall war, ein kleines Aufblitzen von Möglichkeiten, von einem ganz anderen Menschen. Von einer etwas anderen Welt. Manchmal denkt man, also ich, ich wüsste schon, wie mein späteres Leben auszusehen hätte, und natürlich soll es anders sein als das meiner Eltern, zärtlicher und aufregender, offener. Aber ich habe keine Lust, darüber nachzudenken, wie ich das im Einzelnen machen werde. Das lässt sich ja auch nicht planen. Einfach ins Leben gehen, denke ich. Und jetzt schon irgendwas Konkretes zu planen, wäre ja Blödsinn, auch mit Ben. Ist Ben cool? Was mag ich an Ben? Klar, wenn er so ankommt, dann ist er echt ein süßer Typ und zig andere Frauen stehen auf ihn und ich bin schon stolz, so einen Freund zu haben. Aber was kommt nach diesem Gedanken? Und August? Den kenne ich ja kaum und am Anfang scheint ja fast jeder voller Geheimnisse zu stecken. Aber hier, bei August, denke ich gleich, da stimmt es. Wenn man anfängt zu vergleichen, wird es gefährlich. Aber ich will mich auf August ein bisschen einlassen. Was denn mit mir eigentlich los wäre, fragt Ben. Was soll schon los sein? Ich weiß es auch nicht. »Nichts, nichts Besonderes«, sage ich zu Ben.

August, 17. Juni: 10. Schreibaufgabe von Rudi. Thema: »Sport auf Rezept«

Herr Gelinder hat gesagt, ich soll Sport machen. Ich soll mich »spielerisch austoben«. Ich sei bestimmt sehr sportlich. Er sprach von der Entdeckung des Körpers. Also des eigenen Körpers. Ich soll es mal allein probieren mit dem Sport. Er hätte sonst auch ein Programm für mich, in der Gruppe. Da gehe es darum, den Krieger, den König, den Liebhaber und den Magier in sich zu entdecken. Im übertragenen Sinn natürlich. Was ist ein übertragener Sinn? Ich möchte nicht in einer Gruppe meinen Körper entdecken. Ich habe an die Mondsteinfrau gedacht. Ich habe gefragt, ob ich das mit dem Körper nicht am Bass machen kann. Nein, hat er gesagt, das sei etwas anderes. Schach, habe ich gesagt, Schach wäre auch Sport. Nein, hat er gesagt, ich soll den Kopf ausschalten. Ausknipsen. Ausblenden. Runterdimmen, vergessen, CUT. Kopf vergessen, schwere Übung. Ich fahre Rad, habe ich gesagt. Zu einsam, hat er gesagt. Schwimmen? Auch nicht besser. Herr Gelinder sagt, er will mich kopfüber in eine aktive Gemeinschaft stecken. Wo denn so eine aktive Gemeinschaft wär, habe ich gefragt. Na, zum Beispiel beim Fußball. Zu vielsam, habe ich gesagt. Zu laut. Ab 5 Leute fange ich an zu schmelzen. Tennis? Der rote Sand ist mir unangenehm, habe ich gesagt. Und manche Schläger sind noch mit Tierdarm bespannt. Herr Gelinder war nicht davon abzubringen. Wenigstens ins Fitnessstudio könnte ich gehen. Auch dort gäbe es Gruppen. Davon hätte ich gehört, es sei modern, dort gäbe es viele Maschinen, das könnte mich interessieren. Ob ich jemanden hätte, der mich begleiten könnte. Dann war die Stunde bei Herrn Gelinder auch schon fast zu Ende. Ich werde Rudi fragen, ob er ins Fitnessstudio gehen möchte. Ich werde zuschauen und ein bisschen meinen Körper entdecken, den Musculus sternocleidomastoideus zum Beispiel.

Rudi, 14. September: Rudis psychologische Entwicklungshilfe

»August«, hab ich zu August gesagt, »du musst dich ein bisschen nach außen richten. Stell dir eine Schnecke vor, die langsam aus ihrem Haus kommt. Dann streckt sie die Fühler aus, erst rechts, dann links. Und dann entdeckt sie eine Welt! Die Außenwelt. Verstehst du? Du musst dich mal umstülpen, wie einen Handschuh. Das Innere nach außen, verstehst du?« – »Das mit der Schnecke und mit dem Handschuh verstehe ich nicht«, hat er geantwortet. Ich habe ihm vorgeschlagen, er soll zum Beispiel mal Unterricht geben. Vielleicht sogar probeweise umsonst. Er hätte viel mitzuteilen. August ist genial am Bass, das sage ich euch. Und er ist genial in Mathe und im Schach, das sagen die Experten.

»Die halbe Schülerwelt braucht Nachhilfe in Mathe, Au-

gust. Die Welt ruft: ›Hilfe, August, eine Quadratwurzel!‹« Aber das versteht er wieder nicht. Also habe ich ihn bei einer Agentur angemeldet. Die waren ganz heiß auf Mathenachhilfelehrer. Ich habe ein Webprofil erstellt, das lautete ungefähr so: »August Stork, Mathematikstudent, erstes Semester, Uni Hamburg. 19 Jahre alt. Abitur auf dem Lise-Meitner-Gymnasium Hamburg, naturwissenschaftlicher Zweig. Mathe und Physik als Abifächer. Durchschnitt 1,2. Endauswahl beim Hamburger Mathematik-Wettbewerb. Hobbys: Schach und ehrenamtliche Arbeit aller Art.« Das mit dem Schach stimmte, der Rest war gelogen.

Dann musste man eine Telefonnummer für Rückfragen angeben. Ich habe August gefragt, ob ich da seine oder meine Telefonnummer eingeben soll. August hat gesagt, ich soll meine da reinschreiben, schließlich sei das alles mein Plan. Außerdem hat August kein Handy und ans Festnetz geht immer seine Mutter. Ich habe also meine Handynummer angegeben und gehofft, dass keiner rückfragt. Fünfzehn Minuten später hat's geklingelt.

»Tutorium Suspensorium – Nachhilfe zur Selbsthilfe, mein Name ist Dörte Wiebels, spreche ich mit August Stork?«

»Äh«, habe ich gesagt, »nein.«

Mann, Rudi – ich habe auf August gestarrt. Aber August ist fürs Improvisieren der falsche Mann. Gebe ich August den Hörer, sind die Mathe-Aufgaben gelöst und der Rest versiebt. Behalte ich den Hörer, ist Mathe versiebt, aber der Rest kein Problem.

»Frau Wiebels, darf ich Sie bitten, auf der Festnetznum-

mer von Herrn Stork zurückzurufen? Ich bin ein Mitstudent. August hat mir gerade sein Handy geliehen, damit ich meinen Eltern durchsagen kann, dass August mich durch den Eingangstest in Algebra gelotst hat. Wäre das möglich? Meine Eltern haben sich für mein Studium wirklich aufgerieben, wissen Sie, sie warten dringend auf meinen Anruf.«

Ich gab ihr die Festnetznummer, stellte mein Telefon auf Mithören, regelte meine Stimme nach unten und zerrte August ans Telefon.

»August«, sagte ich schnell. »Du musst mir jetzt alle Mathelösungen aufschreiben. Kein lautes Wort. Ich bin jetzt du am Telefon.« Ich gab ihm Papier und Kuli.

August starrte auf den Kuli in seiner Hand, als das Telefon ging.

»August Stork«, sagte ich.

Mein Gegenüber schien einen Augenblick zu stutzen. Dann hörte ich dieselbe Frauenstimme wie zuvor.

»Guten Tag, Herr Stork, schön, dass Sie Zeit für mich haben.«

»Für Nachfragen nehme ich mir immer Zeit«, sagte ich.

»Das ist eine gute Gabe, wenn man Nachhilfe geben will«, sagte sie. »Haben Sie Erfahrung mit Nachhilfe?«

»Ja«, sagte ich mit fester Stimme, »vor allem bei Kommilitonen. Und bei meiner kleinen Nichte.«

»Obwohl Sie im ersten Semester sind? Erstaunlich und natürlich eine gute Voraussetzung. Sie verstehen sicherlich, dass wir uns dennoch irgendwie von den mathematischen Fähigkeiten unserer zukünftigen Nachhilfelehrer überzeugen müssen. Darf ich Ihnen daher eine mathemati-

sche Aufgabe stellen und von Ihnen erfahren, wie Sie die Lösung angehen würden? Es ist mir klar, dass Sie ohne Papier und etwas überfallartig da jetzt hineingeworfen werden. Niemand erwartet von Ihnen die Lösung wie aus der Pistole geschossen. Nur einen Ansatz zur Rechnung würden wir gern erkennen.«

»Kein Problem«, sagte ich, »schießen Sie los.« – »Schießen Sie los«, würde August nie sagen.

»Ich danke Ihnen. Also, sagen wir, eine Nachhilfefirma wie wir will neue Nachhilfelehrer einstellen. Es bewerben sich sechsundfünfzig Personen, von denen zweiunddreißig erfolgreich studiert haben. Vierunddreißig der Bewerber sind Männer, davon zwanzig mit Hochschulabschluss.«

»Geht klar«, sagte ich.

August hielt die Augen geschlossen. Hatte er verstanden? Ich hatte den ganzen Blödsinn schon wieder vergessen.

»Herr Stork, mit welcher Wahrscheinlichkeit ist eine zufällig aus diesen sechsundfünfzig Bewerbern ausgewählte Person weiblich und studiert?«

August kritzelte eine Zahl auf den Zettel.

»Einundzwanzig Komma vier Prozent«, las ich ab.

»Herr Stork«, jubelte Frau Wiebels, »das ist ja fantastisch. Wie sind Sie so schnell draufgekommen?«

Erschrocken blickte ich zu August. Er blickte mit seinen wieselbraunen Augen an meinem linken Ohr vorbei, unverwandt, abwesend und unangreifbar, wie es nur August kann, und sagte: nichts.

»Frau Wiebels, das ist schwer zu sagen«, sagte ich und holte Luft. »Die Lösungen bei Wahrscheinlichkeitsaufga-

ben kristallisieren sich sozusagen einfach vor meinen Augen. Ich nenne das meinen ›Inneren August‹, wissen Sie?«

»Nicht ganz«, gestand Frau Dörte Wiebels. »Das ist zwar ganz faszinierend, aber Sie möchten das ja einem Fünferkandidaten in Mathematik nahebringen. Darf ich fragen, wie Sie das versuchen würden?«

Sie ließ nicht locker. Ich hatte sie noch nicht im Sack.

»Ja natürlich«, sagte ich, »einen Erklärungsansatz, Erklärungsansatz . . .« Ich sagte das in Richtung August und sah, wie er daraufhin begann, ein neues Stück Papier zu beschreiben. Er gab mir einen Zettel, auf dem war eine kleine Pyramide gezeichnet, oben stand eine Sechsundfünfzig, darunter verzweigte es sich in vierunddreißig Männer (links) und zweiundzwanzig Frauen (rechts), darunter jeweils in die mit Studium und ohne. Um die Zwölf (Frauen mit Studium) war ein Kreis. Daneben stand ein Dreisatz. Das kapierte sogar ich. Ich schilderte den Lösungsweg durchs Telefon.

»Vielen Dank, Herr Stork«, sagte sie. »Darf ich Ihnen noch eine Frage stellen, einfach um zu sehen, dass Ihr, entschuldigen Sie, ›Innerer August‹, auch den entsprechenden theoretischen Hintergrund hat? Vielleicht wäre dann ein Einsatz auch für Studierende in den ersten Semestern möglich!«

»Klar«, sagte ich.

»Sagt Ihnen der Begriff der Tschebyschow-Ungleichung etwas?«

Ich hielt mich an der Tischkante fest. Diese Ratte. Wahrscheinlich hatte sie irgendein abgewetztes Mathelexikon vor sich liegen und blätterte mit rot lackierten Fin-

gernägeln darin herum. Wahrscheinlich war sie die größte Versagerin in Mathe und verschanzte sich jetzt hinterm Telefon.

Ich wandte mich flehentlich zu August. August? August war nicht da. Panik kroch mir die Luftröhre rauf. Sollte ich ihr alles gestehen? Sollte ich sagen: »Dörte, es war nur ein Scherz – lass uns mal einen trinken gehen.«

Ich entdeckte August unterm Tisch. Er schrieb so, dass ich den Bleistift auf dem Papier kratzen hörte. Es dauerte. Ich räusperte mich, entschuldigte mich für das Räuspern und räusperte mich noch mal. Dann riss ich August den Zettel aus der hingestreckten Hand.

»Ich hoffe, ich kann Ihnen das so am besten deutlich machen«, säuselte ich. »Bitte fragen Sie einfach dazwischen, wenn Sie mir bei einem Schritt nicht folgen können.« Dann las ich den Zettel ins Telefon:

»Die Tschebyschow-Ungleichung gibt eine untere Grenze für die Wahrscheinlichkeit an, dass ein Wert einer Zufallsvariable mit endlicher Varianz innerhalb eines bestimmten Bereiches um den Erwartungswert der Variable liegt.« Dann machte ich eine bedeutungsvolle Pause. Beinahe hätte ich meine Zunge beim Ypsilon von »Tschebyschow« verschluckt. Dann ließ ich meine Stimme wieder anrollen.

»Man kann die Ungleichung auch als einfache Anwendung der Markow-Ungleichung auffassen.«

August reichte mir einen zweiten Zettel.

»Herr Stork, das ist ja wirklich faszinierend, ich glaube, wir können . . .«

»Kann ich die gestellte Aufgabe noch kurz vollständig

und korrekt beantworten«, unterbrach ich sie. Jetzt machte ich langsam den Sack zu.

»Entschuldigen Sie«, sagte Dörtchen Wiebels.

»Es erscheint mir wichtig zu betonen, dass die von der Tschebyschow-Ungleichung angegebenen Grenzen nicht nach oben verbessert werden können. Man kann Zufallsvariablen konstruieren, für welche die Grenzen gleich den wirklichen Wahrscheinlichkeiten sind. Im Allgemeinen sind die Grenzen aber schwach. Eine quantitative Verbesserung liefert die Chernoff-Ungleichung. Möchten Sie die hören?«

»Nein, Herr Stork, danke, ich, also wir, sind sehr beeindruckt. Ich schicke Ihnen den Vertrag zu und Anfragen für Nachhilfe.«

»Keine Chernoff-Ungleichung mehr?«

»Nein, danke, wirklich nicht nötig«, sagte Frau Wiebels. »In welchem Bezirk in Hamburg möchten Sie vorwiegend arbeiten?«

»Blankenese oder so«, sagte ich. Da gibt es Villen, in die man sonst nie reindürfte, ein bisschen Kohle extra und ein Getränk nach Wahl zum Unterricht.

»Kein Problem. Wir haben Anfragen aus der ganzen Stadt, ich werde mich bald melden. Ich danke Ihnen sehr.«

»Da nich für«, sagte ich. »Und wenn Sie wieder Mathefragen haben, rufen Sie einfach an.«

August war Nachhilfelehrer und ich war ziemlich fertig.

August, 26. Juni: 11. Schreibaufgabe von Rudi: »Ein Mädchen zeigt mir ihre Mathe-Aufgaben.«

Man hat Rudi angerufen, ich soll nach Blankenese kommen, damit ich dort einer jungen Frau helfen soll, das Abitur im Fach Mathematik zu bestehen. Ich würde außertariflich bezahlt, er hat das verhandelt. Ich weiß gar nicht genau, was außertariflich ist. Außerdem sagt Rudi, es gibt da eine nette Überraschung, aber er sagt nicht, was für eine.

Rudi fährt mich mit seinem alten Polo zu der Frau, die Mathematik nicht versteht. Er steht am Hang auf der kleinen Straße vor der Einfahrt und sieht mir zu, wie ich an der Gartenpforte stehe. Die Handbremse von seinem Polo ist defekt. Er ruft, dass ich klingeln soll. An der Klingel steht kein Namensschild. Ich sage das Rudi, er sagt, das ist hier so üblich. Aber da ist eine Videokamera, die ferngesteuert herumgeschwenkt und auch Rudis Auto ins Visier nimmt. Dann zielt sie auf mich. Ich fange an zu schmelzen, ich merke das wie eine Aura. Rudi kommt aus dem Auto gestürzt und zeigt mit dem Finger auf meinen Bauch und ich zeige mit meinem Zeigefinger auf seinen Zeigefinger, dann führt er die Hand langsam vor seinem Bauch auf und ab; das soll das Zwerchfell sein, wie es langsam atmet, das habe ich gelernt. Er sagt: »Alles ist in Ordnung, du schaffst das«, und da geht es mir besser. Wir haben das so verabredet. Ich möchte nicht angefasst werden. Aber unsere Zeigefinger berühren sich manchmal ganz leicht. Da geht es. Wir nehmen dann Verbindung auf.

Rudi klingelt für mich an der Gartenpforte, es geht mir besser. Er setzt sich in seinen VW und schaut aus dem

Fenster zu. Er muss immer ins Auto, wegen der defekten Handbremse. Er muss sie reparieren lassen, sie ist defekt, sie hält den Wagen nicht ganz, selbst wenn er den Gang einlegt, sagt er. Vielleicht ist das kompliziert, ich fahre nicht Auto. Aber zumeist braucht man in Hamburg keine Handbremse, es ist flach. Nicht so in Blankenese. Die Leute, die hier wohnen, freuen sich, wenn sie auf andere heruntersehen können, sagt Rudi.

Er muss immer auf die Fußbremse treten oder Steine darunter legen, wenn er an einem Gefälle parkt.

Es summt an der Pforte, nachdem ich geklingelt habe. Das heißt, ich kann die Pforte öffnen. Ich möchte das tun, aber da geht die Pforte selbsttätig auf. Selbsttätig sind sonst nur Türen in den ICE-Zügen der Bundesbahn. Ich muss einen langen Kiesweg entlanglaufen. Ich habe mich zu der Videokamera umgedreht, die langsam schwenkt und meinen Weg verfolgt und aufzeichnet. Sie starrt mich die ganze Zeit an. Ich bin schneller gegangen. Die Kamera dreht sich schneller. Ich fühle mich ertappt, ich fühle mich schlecht, schuldig, drehe um und renne zurück zum Gartentor. Die Kamera hat es registriert. Die Haustür öffnet sich. Aus der Haustür ruft es: »Hallo, hallo, wollten Sie zu uns? Warten Sie doch.«

Von der anderen Seite kommt Rudi angerannt und redet auf mich ein, 6 Wörter pro Sekunde. Wir sind zur Haustür gegangen. Dort steht eine Frau mit einem Bein zwischen Haustür und Türrahmen. Sie schaut zu Rudi, dann zu mir und dann wieder zu Rudi. Rudi redet und redet. Dann rennt er wieder zu seinem Polo und versucht, einen Stein zu finden, den er hinter die Räder legen kann, damit der

Wagen nicht zurückrollt. Es gibt aber keine Steine. Es ist hier sehr gut aufgeräumt. Aber ein paar Kleidersäcke liegen vor den Gartenpforten mit Kleidung drin und Schuhen. Rudi hat 1 bis 2 Paar schwarze Herrenschuhe genommen und jeden hinter ein Rad gelegt. Dann rennt er zurück zu uns, den Kopf nach vorn geneigt wie vor der Ziellinie, und sagt, die Schuhe hier sind rahmengenäht, die könnten das. Die Frau und ich haben vor der Tür gewartet, ich habe geschwitzt. Zum Glück konnten wir Rudi zusehen. Rudi redet weiter, auch über mich. Ich höre das nicht gern. Über sich selbst sagt Rudi auch ein paar Sachen, er wäre ein Freund und Kümmerer. Das Wort kenne ich gar nicht. Dabei starrt Rudi immer auf den Mund der Frau. Die Frau hat ihn angelächelt, schon als er das mit den Schuhen gesagt hat. Er spricht von einem Genie in Mathe. Er zeigt dabei auf mich. Die Frau im Durchgang schaut dann auch auf mich. Aber nur ganz kurz. Dann sollen wir reingehen. Es ist eine große Eingangshalle. Man könnte sie als Stall benutzen oder als Konzertsaal. Oder als Werkstatt oder als Café. Für einen Empfang. Für mehrere Familien zum Überwintern. CUT.

Ein paar Sessel aus Stahlrohr stehen in einem Quadrat um einen Tisch aus Marmor. Sie sind sehr symmetrisch angeordnet. Rudi geht voraus. Er sieht immer wieder nach oben an die hohen Decken, dabei berühren seine Haare hinten seinen T-Shirt-Ausschnitt. Er starrt auf die Gemälde und immer wieder auf die Frau, das Mädchen, die Bewohnerin, den Mund. Die Gemälde sind Porträts. Er sagt immer wieder: »Nein, wie bezaubernd. Das ist ja faszinierend.« Und lauter solche Sätze mit Wörtern, die er sonst nicht benutzt. Ich weiß nicht, ob er die Gemälde meint oder die Frau. Ich weiß eigentlich nicht genau, was ich hier soll, wo bleibt die Mathematik?

Rudi verabschiedet sich; er hätte einiges zu erledigen. Ich glaube, Rudi hat gar nichts zu erledigen. Rudi hat aber gesagt, er würde sich über ein Wiedersehen freuen, und ich habe gesagt, wir würden uns doch bestimmt nachher noch sehen, aber Rudi hat die Frau gemeint und hat das auch gesagt und die Frau ist etwas rot geworden im Gesicht.

Dann möchte die Frau, das Mädchen, zur offiziellen Begrüßung meine Hand schütteln. In solchen Fällen erhebe ich meine rechte Hand immer wie zum Winken auf Höhe meiner Brustwarzen, dann lassen die meisten davon ab. Sie lässt ihre Hand sinken und sagt: »Also, ich bin Hilda. Und Sie sind Herr Stork?« Ich habe genickt, denn ich heiße Stork. Was genau unterscheidet einen Herrn von einem Mann oder einem Jungen, wenn sie gleich alt sind? Wir sind gleich alt, der Herr Stork und ich. Und auch Hilda und ich sind vielleicht gleich alt. Da geht die Tür auf und ein echter Herr kommt mit großen Schritten auf mich zu. Er hat eine gelbe Krawatte an, die am Hals sehr eng befestigt ist. Er hat sehr braune Haut und sehr weiße Zähne. Er drückt mir die Hand sehr fest, ich kann sie nicht rechtzeitig nach oben nehmen. Mit der anderen Hand umfasst er meinen Unterarm. Das ist unangenehm. Er sagt: »Herr Stork, Sie sind uns sehr empfohlen worden. Enttäuschen Sie mich nicht. Hilda *muss* durchs Abitur. Ich bin überzeugt, dass Sie das hinkriegen werden.« Dann stiert er mir direkt in die Augen, wie die Kamera im Garten. Das ist noch schlimmer als

Handquetschen. Ich bin stumm. »Die introvertierten Mathematiker«, sagt der Herr und schüttelt den Kopf. Dabei kann ich wieder seine Zähne sehen, vielleicht lächelt er auch. Dann klopft er mir auf die Schulter. Auch das ist unangenehm. Ich weiß aber bereits, dass das meist am Ende von Berührungen getan wird. Er nimmt seine Aktentasche und geht mit großen Schritten zur Tür hinaus. »Ich komme spät«, sagt er in den Raum, »vielleicht auch erst morgen. Macht keine Dummheiten.« Er geht zur Tür hinaus.

Ich gehe hinter Hilda die 19 Stufen der Treppe hoch. Sie entschuldigt sich für ihren Vater. Ich sage, ich hätte keinen Vergleich. In ihrem Zimmer sind rote und rosa Stoffe als Bettüberzug und als Gardine. Auch an der Decke hängt ein rotes Tuch. An ihrem Schreibtisch sind 2 Stühle. Ich soll mich auf den Bürodrehstuhl mit den 4 Füßen setzen. Sie sagt, ich soll den Wollpullover doch ruhig ausziehen, es sei ja wirklich ein warmer Sommer und hier unterm Dach sei es besonders warm. Ich ziehe den Pullover aus, sie ist ja hier zu Hause. Ich habe unter meinem Pullover nichts darunter. Sie sagt, ich soll den Pullover doch wieder anziehen, das würde vielleicht missverstanden, falls zum Beispiel ihre Schwester reinkäme. Ich ziehe den Pullover wieder an. Dann zeigt sie mir ihr Mathematikbuch. Darin sind die Aufgaben. Ich soll mich an die Aufgaben halten, hat Herr Gelinder gesagt. Sie fragt, ob ich etwas trinken will. Aber ich soll mich an die Aufgaben halten. Herr Gelinder hat aber auch gesagt, ich soll gewohnt freundlich sein. Ich bestelle ein Glas Milch. Während Hilda irgendwo unten in den Gewölben ist, löse ich die Aufgaben Nummer XII. 1 bis XII. 17 im Buch.

»Ich hab ein Problem«, sagt Hilda, als sie das Glas vor mich hinstellt, »ich interessiere mich nicht für Mathe. Aber Mathe wird mir gefährlich.«

Ich überlege, was Herr Gelinder jetzt gesagt hätte. Vielleicht hätte er wieder so einen bildhaften Satz gesagt. Zum Beispiel »Dann müssen wir Mathe zu deinem Freund machen«.

»Wir müssen Mathe zu Ihrem Freund machen«, sage ich.

»Sie sprechen wie ein Psychologe«, sagt Hilda.

»Was interessiert Sie denn?«, frage ich.

»Na, fast alles andere: Musik, Film, Sport, Liebe, Gossip«, und dann fragt sie: »Und dich? Oder Sie? Also siezen wir uns, ja?«

»Vielleicht ist das eine Vorsichtsmaßnahme«, sage ich.

Sie lacht kurz, ich weiß nicht, warum. Ich öffne das Mathebuch. Sie hört auf zu lachen. Ich schlage es wieder zu, um zu sehen, ob sie wieder lacht, aber es scheint nicht gekoppelt, das geschlossene Mathebuch und das Lachen.

»Stochastik«, sage ich, »Stochastik ist schön.«

Ich sage ihr einfach, wie ich das mache. Ich muss das wiederholen. Sie nickt immer mit dem Kopf. Ob ich das noch mal anders erklären könnte. Sie beißt sich ganz leicht mit den Zähnen des Oberkiefers auf die Unterlippe und kraust die Stirn. Ich zeige auf Aufgabe XII.18, aber sie sieht nur dahin und lächelt mir dann zu.

Dann schreibe ich ihr ähnliche Aufgaben auf ein Blatt. Jetzt kann sie die Aufgaben immer noch nicht rechnen. Ich zerlege die Aufgaben in Einzelschritte. Das ist mir neu, weil ich so nicht rechne. Aber ich habe gehört, dass das manchen Menschen hilft. Dann sieht sie auf ihre rotschwarze Armbanduhr und sagt: »Shiiiiiiiiiiiit!« Die Stunde wär ja schon längst vorbei. Ich sage, dass wir doch gerade erst angefangen haben. Sie meint, ich soll besser nächste Woche wiederkommen, das wär doch eine Menge Stoff und sie müsste jetzt dringend mit einer Freundin telefonieren.

Rudi, 15. September: Töchter aus gutem Hause

Frauen richten sich bei der Auswahl ihrer Männer nach dem Einkommen. Is so, hab ich gelesen, Punkt. Warum machen wir das nicht auch so? Ganz instinktiv, dann kann keiner was dagegen sagen. Aber jetzt mal im Ernst: Wenn die Frau dann noch so aussieht wie die Blankeneser Tochter von vorgestern, der August jetzt Nachhilfe geben darf, dann hätte ich nichts dagegen. Ich könnte mich aber null auf Mathe konzentrieren, die Frau war der Hammer. Mal unter uns: zwei Riesengaragen vor dem Haus. August blieb exakt neutral, merkt der das nicht? Ist es ihm egal? Ist er schwul? Hoffentlich ist mir nicht der Speichel aus dem Mund getropft. Da bring ich August gern noch ein paar Mal hin. Was sag ich denn da, warum ich das mache – aber den Kümmerer zu spielen, kommt sicher gut, und stimmt ja auch, man soll ja auch authentisch bleiben, gerade Frauen gegenüber. Hilda heißt sie. Da muss man erst mal draufkommen. Auch sympathisch, dass sie kein Mathe kann. Ich könnte sie ja mal zu einer Germanistikvorlesung mitnehmen, garantiert ohne Mathe, und hinterher geht man halt ins Café, sage ich, so ist das bei

Studenten. Und zu Hause machen wir dann eine Arbeitsgruppe zu zweit, die bald zum gemütlichen Teil übergeht.

August, 1. Juli: 12. Schreibaufgabe von Rudi. Thema: »Über die Kunst des Imbissbetreibens«

Ich soll über den Imbiss schreiben. Rudi möchte sich satt lesen. Meine Mutter Stork hat den Imbiss gekauft. »Alles, was wir haben«, sagt Mutter Stork. Der Imbiss ist ein flacher Wagen mit Seitenklappe, auf der Veddel, am östlichen Rand einer Straße. Einer Straße mit Pflastersteinen. Die Pflastersteine sind alle sehr verschieden. Deshalb komme ich manchmal zu spät, wenn ich Mutter Stork vertreten muss; wenn Mutter Stork krank ist oder einfach nicht hochkommt, einfach liegen bleiben will, wie sie sagt, und dann sagt sie, einfach liegen bleiben für immer, und ich weiß nicht, wie sie das meint. Nicht weit vom Wasser, der Imbiss. Man trinkt Bier und Kaffee. Morgens Kaffee, ab mittags Bier, manchmal umgekehrt. Manche nur Bier. Man kann sich anlehnen an die Wände vom Imbiss, aber die Wände sind dünn, sie biegen sich dann nach innen. Es gibt eine Elektroheizung. Innen an der Scheibe ist Kondenswasser. Der Raum ist durch eine Theke geteilt. Hinter der Theke steht Mutter Stork in einer Schürze, der blauen oder der rot-weißen. Wenn Mutter Stork kurz weg ist, einkaufen muss sie ja, und wenn es ihr gut geht, möchte sie zum Friseur, dann nehme ich die rot-weiße Schürze. Manchmal wollen die Gäste auch reden, das kann ich nicht gut. Es gibt einen, der geht wieder weg, wenn er mich sieht. Wenn ich nachmittags zu Mutters Imbiss komme, sitzen dort meistens 3 Gäste. Selten 2 oder 4. Mutter hat gesagt, das wär nicht wahr. Aber meist sitzen dort 3. Und meistens sind es Männer. Entweder sitzen alle 3 getrennt oder einer sitzt allein und 2 sitzen zusammen. Sie sitzen auf den Barhockern oder stehen an einem der beiden Stehtische. Man hört die Fritteuse zischen, wenn man etwas reinhält. Früher musste ich immer denken, dass jemand seinen Finger da hineinhält. Dass ich meinen Finger da hineinhalten muss, sodass er aussieht wie ein Stäbchen Pommes hinterher. Ich musste das immer wieder denken. Aber jetzt geht es ein bisschen besser. Über der Außentür hängt ein Neonlicht mit der Aufschrift »Heidi's Imbiss«. Ich habe Mutter Stork gesagt, dass das falsch geschrieben ist. Sie sagt, das hat sie von »Berta's Imbiss« abgeschrieben und der Hersteller hätte nicht protestiert. Ich soll nicht so neunmalklug sein. Ich weiß nicht, was neunmalklug bedeutet. Ich weiß aber, wie Heidi's Imbiss geschrieben wird. Mich interessiert die Frage, was korrekt ist und was nicht. Regeln sind hilfreich. Sie organisieren die Welt. Sie beruhigen mich.

Am Freitag helfe ich Mutter Stork. Vor 17 Tagen hat sie gesagt, ich sollte mal versuchen, dort allein klarzukommen. Ich weiß, wie man die Würste auf den Bräter legt; dass man die Pommes 2 Minuten lang bei 170 Grad frittiert. Ich weiß, dass man die Hähnchen vom Boden des Grills nimmt und 4 Minuten in die Mikrowelle tut. Ich weiß, dass eine große Currywurst mit Pommes und Ketchup 4 Euro 20 kostet. Ich muss aber lernen, wenn Willi aus Klein Texas kommt, zu sagen: »Willi, wie immer?« Ich soll einen Spruch machen, ein Witzchen, wenn die Brummirunde zum Stammtisch kommt. Ich kann aber nur einen Spruch, der geht mit »Luderbürste« und ist nicht gut. Mutter sagt, ich soll die beiden Stehtische zusammenschieben, die Barhocker ran und das Fähnchen auf den Tisch, und wenn einer von den Herren kommt, ruhig mal mit rechts die Hand geben und mit links auf die Schulter klopfen. Einmal hat Mutter gesagt, sie verzieht sich auf die Toilette, ich soll 20 Minuten durchhalten. Ich soll ganz ruhig bleiben, keinen Anfall kriegen, sie wär ja da. Ich soll ihr zur Probe mal auf die Schulter klopfen. Niemand klopft seiner Mutter auf die Schulter. Dann geht sie. Ich will das nicht. Ich will ihr helfen, aber das kann ich nicht. Wenn jetzt die Brummirunde kommt oder Willi. 3 andere Gäste sind da. Sie kauen. Sie haben schon bezahlt. Es ist alles in Ordnung. Ich fange ein bisschen an zu schmelzen, am Rand, meine Finger zittern. Die Fritteuse ist bestimmt sehr, sehr heiß, denke ich, da darf man nicht hineinfassen. Pommes fingres.

Ich höre, wie der mit dem Anorak sein Gäbelchen in die Pommes hackt, in die letzten harten Pommes, unten in der Schale. Die Tür geht auf. Ein 4. Mann, das ist gegen die Regeln. Es ist Willi. Ich soll »Willi, wie immer?« sagen. Ich weiß das. Ich sage »Willi, wie immer?«. Er sieht auf. Er sieht mir in die Augen, ich mag das nicht. Ich schaue da nicht hin, zu Willi Wieimmer. Er sagt »wie immer« und er fragt: »Wo ist Heidi?«

Ich sage »Kommt gleich wieder, Heidi«. Er schaut mich an. Ich muss wegsehen. Damit hat er gewonnen und er ist zufrieden. Nachher kommt Heidi und Willi fragt: »Ist das da dein Sohn?« Und Heidi sagt: »Das ist er. Und denk bloß nicht, er ist blöd, er macht bald die Aufnahmeprüfung auf der Musikhochschule.« – »Ach was«, sagt Willi, »singen tut der? Kann er auch Pommes?«

Freya, 3. Juli: »Mathe ist nebenan.«

Gestern war Ben da. Ben will oft gleich mit mir schlafen, er ist dann völlig geil. Ich biete ihm was zu trinken an; meistens trinkt er Cola. Er kippt die Cola in der Küche runter. Manchmal glaube ich, er muss beim Trinken gar nicht schlucken. Dann gehen wir auf mein Zimmer und Ben rückt gleich an mich ran, biegt mein Kinn zu sich und steckt mir die Zunge in den Mund. Dann geht seine Hand runter und gräbt sich unter mein T-Shirt, oder wenn ich eine Bluse anhabe, fingert er mir die Knöpfe auf.

»Mach mal langsam«, sag ich. Dann fragt er, was denn los ist, schließlich hätten wir uns schon drei Tage nicht gesehen und er wär total scharf. Ob ich keinen Spaß dabei hätte?

»Hab ich schon«, sag ich.

»Na, also«, sagt er und vergräbt sich in meinem Nacken. Er macht dann aber schön langsam, er kennt sich aus. Und dann bekomme ich schon auch Lust, sie kriecht mir langsam in den Schoß, und wir machen es in meinem Zimmer, auf dem Sofa, wie meistens. Ich muss lachen, weil nebenan Hilda mit irgendeinem Nerd Mathe pauken muss.

August, 4. Juli: Schreibaufgabe, eigenes Thema: »Ich habe ein Interesse an der Wissenschaft. Heute ist es aber umgekehrt.«

Nach der 2. Stunde mit Hilda kommt mir wieder ihr Vater mit der braunen Haut und den weißen Zähnen auf der Treppe entgegen, er kommt von unten, er hat mich erwartet. Ich kann gar nicht an ihm vorbeigehen, weil er sich seitlich dreht und ein Bein ausstellt. Er sieht mir in die Augen und legt die Hand auf meine linke Schulter. Ich kann das nicht, mit der Hand auf der Schulter auf einer Treppe stehen. Ich muss schnell atmen. Ich beuge die Knie etwas und senke den Kopf, aber es nützt nichts. Ob es uns beiden Spaß macht, will er wissen. Mir ist nicht klar, ob er ihn und mich meint oder Hilda und mich. Ich muss an die Hand auf meiner Schulter denken. Meine Schulter fängt an zu brennen unter seiner Hand, er nimmt sie weg, weil ich mich winde. Jedenfalls, so fährt er fort, scheint das Geld in mich ja gut angelegt zu sein. Und er fragt, ob ich spontan bereit wäre, jetzt noch 1 oder 2 Stunden draufzulegen. Keine direkte Nachhilfe, sondern einfach ein Gespräch über Mathematik, er will den doppelten Stundensatz zahlen und meine Agentur braucht von diesem Geld ja nichts mitzubekommen. Er hält sowieso nichts davon, wenn sich andere Leute an die echten Leistungsträger anhängen. Sozusagen eine Art Nachhilfe für ihn, den Papa, und für einen bemerkenswerten und einflussreichen Freund. Solche Bitten, das will er mir ans Herz legen, soll man nicht ausschlagen, denn er und der Freund könnten sich vielleicht noch mal auf andere Weise erkenntlich zeigen. Also? Fragt er. Was soll ich auf *also* antworten? Wie man etwas ans Herz legt, will ich wissen, und was man auf *also* antworten soll. Aber er antwortet schon selbst. Er hat einen Freund, der seinerseits vor einer großen wissenschaftlichen Karriere steht, er ist unten im Salon. Bitte, sagt er und zeigt auf den Teppich, der in den Salon führt. Dort sitzt ein Mann im Sessel, der aufsteht, als ich komme, und sich sein Jackett zuknöpft, und als wir uns setzen, sein Jackett wieder aufknöpft. Ich setze mich vorne auf einen Stuhl. Ob ich Kaffee will oder Tee oder sogar einen Drink. »Ob es Milch gibt«, frage ich. Der Vater stößt ein bisschen Luft ganz schnell aus seiner Lunge, das macht einen ganz eigenen Laut, einen perkussiven Laut, der ein bisschen an ein Lachen erinnert, und das soll vielleicht auch so sein.

»Mal sehen, was sich machen lässt«, sagt er und blickt zu dem Mann mit dem Jackett, das er zu- und aufgemacht hat.

»Maxi«, sagt der Vater, »das ist der bemerkenswerte junge Mann, der offensichtlich gerne Milch trinkt. Das ist ja unter gesundheitlichen Gesichtspunkten höchst vorbildlich.«

»August«, der Vater wendet sich zu mir, »das ist ein Freund aus dem Rotary Club. Er hat eine große Karriere vor sich.«

Dann geht der Vater durch die offene Tür und ich höre, wie die Kühlschranktür geöffnet wird und beim Zuschlagen wieder das Geräusch macht, das nur Kühlschränke machen, wenn sie zugeworfen werden und in der Innenseite der Tür mindestens 2 Glasflaschen stehen.

Der Mann mir gegenüber erhebt sich wieder, macht einen Jackettknopf zu und geht einen Schritt auf mich zu. Er streckt mir die Hand entgegen, die man nehmen soll und schütteln. Das tue ich. Während die Hände sich schütteln, sagt der Mann:

»Sehr angenehm. Mein Name ist Dr. Maximilian Krönert. Ich bin Neurowissenschaftler und Psychiater.«

Ich glaube, jetzt soll ich etwas sagen.

»Ich kenne einen Herrn Gelinder, der ist ein Psychologe. Zu dem gehe ich jeden Mittwoch um 15 Uhr 30«, sage ich.

»Jaja«, sagt Herr Krönert, »davon gibt es viele. Die Kollegen leben vom Reden. Ich sehe mich eher als Wissenschaftler. Reden, reden lernt schließlich jeder.«

Dann redet er viel und schnell. Ich verstehe wenig. Der Vaterklaus hört zu und hat die Beine übereinandergeschlagen. Er nippt aus einem breiten Glas an einer braunen Flüssigkeit.

Dann stellt der Herr mir Fragen. Ob ich Potenzen rechnen kann. Ob er mich fragen darf und dann fragt er gleich. Nach der 12. Potenz von 4, dann von 7, dann von 31. Die kann ich ihm ja sagen. Ob ich mir wohl vorstellen kann, welcher Tag der 8. Juni 2016 würde. Ich kann mir das nicht vorstellen, ich weiß es. Ob ich beschreiben kann, wie es von hier aus zur Haustür geht. Das kann ich nicht, ich war noch nie in diesem Salon. Ob ich weiß, was es bedeutet, mit der Tür ins Haus zu fallen, oder was wohl eine Liedzeile bedeute, die von einem verlorenen Herzen in Heidelberg handelt. Das kann ich nicht. Was der Unterschied zwischen einem Zwerg und einem Kind ist und zwischen einer Leiter und einer Treppe. Das finde ich interessant, ich denke darüber nach. Dann macht er mir

Dinge vor, die ich nachmachen soll: Er hält die Außenfläche seiner rechten Hand an seine linke Backe und klopft auf seiner linken Handfläche eine Abfolge mit der rechten Hand: Faust, Handkante, Handfläche.

Die Fragen sind ganz durcheinander, was ich mache (Schule, Kontrabass, Mathematik), welche Schule, Vater (kenn ich nicht), Mutter (Imbiss), Geschwister (nicht dass ich wüsste). Ob bei meiner Geburt alles glattgegangen sei (was er mit »glattgehen« meint. Ach so. Keine Erinnerung). Ob ich meine Mutter liebe (woran man das merkt?). Ob ich mal einen epileptischen Anfall gehabt hätte. Ich weiß nicht, ob meine Anfälle epileptisch sind. Ob ich Medikamente nehme. Nein, sage ich, meine Mutter ist dagegen. Dabei wird er immer unruhiger in seinem Sessel. Ob ich richtige Freunde hätte (Rudi hat mich). Ob ich mir gerne Nummernschilder merke (dass er das ahnt! Ich frage ihn, ob es ihm auch so geht). Ob ich gern Smalltalk mache (nein). Ob ich gern mal flunkern würde (ich weiß nicht, was flunkern ist), ach so, lügen, nein, ich kann nicht lügen. Ob ich lieber in ein Museum gehe oder in ein Theater (Museum). Ob ich gut in Sport bin (das bin ich nicht. Man soll wohl gut sein in Sport). Er schluckt zwischendurch Kaffee in großen Schlucken. Sein Kehlkopf arbeitet schnell. Dann murmelt er, das ist ja ganz fantastisch, ganz unglaublich, er sagt das immer wieder und ruckelt auf seinem Sitz herum und knöpft sich einmal im Sitzen sein Jackett wieder zu und auf. Er kritzelt alles auf einen Zettel. Das gefällt mir. Ob ich den Film »Rain Man« kenne. Das bin ich schon öfter gefragt worden. Ich kenne den Film nicht. Ob manche Zahlen für mich rot sind oder grün.

Oder Muster. Zahlen sind für mich nicht rot oder grün. Auch nicht gelb. Muster schon. Manchmal. Ob ich immer genau zu einer Uhrzeit etwas Bestimmtes machen muss und ob ich unglücklich bin, wenn ich das nicht kann. »Ja«, sage ich. Das stimmt. Ob ich ungeduldig werde, wenn ich nicht genau das machen kann, was ich mir vorgenommen habe.

»Ich will jetzt nach Hause«, habe ich gesagt. Er sagt mir, dass ich außergewöhnlich bin, sehr außergewöhnlich. Er sagt mir, dass er sehr glücklich ist, mich kennengelernt zu haben. Es freut mich, dass jemand dabei glücklich ist. Er fragt mich, ob ich in das Labor kommen würde. Ich muss meine Hände reiben. Ich muss zum Üben. Ich stehe auf. Hilda wohnt doch hier. Sie könnte hierher kommen in den Salon. Alles wäre ungefährlich, vielleicht, wenn ich einverstanden bin, eine Blutentnahme, vielleicht ein Abstrich aus der Mundschleimhaut. Was der Unterschied zwischen einem Anstrich und einem Abstrich ist, frage ich. Er antwortet aber nicht, vielleicht will er es wirklich wissen. Ob ich weiß, was Oxytocin ist. Das weiß ich nicht. Ich frage ihn, was das ist. Ein Hormon, sagt er, mit dem er sich beschäftigt, das Hormon ist aber im Moment nicht so wichtig. Nein, im Moment will ich das alles lieber nicht, jedenfalls muss ich jetzt gehen. Er lacht und kritzelt etwas auf seinen Zettel. Ob ich weiß, was funktionelle Bildgebung oder Kernspintomografie ist? Ich weiß davon ein wenig, es stand in einer Zeitschrift. Ob ich gehen kann, ich muss um 16 Uhr Bass üben. Der Herr gibt mir eine Visitenkarte und bittet mich um meine Telefonnummer. Er kritzelt. Ich gehe, der Herr steht aber nicht mehr auf, er sinkt in den

Sessel. Der Vater bringt mich zur Tür und stellt mein Glas Milch vorher in der Küche auf einen Tisch. Er gibt mir einen 20-Euro-Schein.

»Für Sie, August«, sagt er, »und für die Wissenschaft.«

Ich renne zu meinem Fahrrad und stolpere über den Gartenschlauch. Ich sehe mich um, keiner hat es gesehen, denn die Tür ist schon zu und am Fenster steht keiner. Ich muss schnell weg, das Geld kommt gefaltet in die Hosentasche, obwohl ich Angst habe, dass es da herausfällt, ich muss daran denken, aber ich muss schnell weiter und die Beine treten im Kreis, schnell den Berg hoch, ein Kreisel aus mir, ein Kreisel in mir ist mein Leben.

August, 4. Juli: 13. Schreibaufgabe von Rudi. Thema: »Entdecke deinen Körper«

Rudis Auto ist defekt. »Scheißlichtmaschine«, sagt Rudi. Wir fahren mit dem Bus an den Stadtrand, dann gehen wir weit durch ein Gebiet mit neuen, einzeln stehenden Häusern. Rudi immer vorneweg, er tritt mit seinen Schuhen feste in den Boden, vielleicht hängt das mit der kaputten Lichtmaschine zusammen. »Es wird dir gefallen«, wiederholt er. Man muss vorsichtig sein, wenn Menschen Sätze oft wiederholen, das hat mir meine Mutter beigebracht. Ich weiß aber nicht genau, warum.

Dann kommt eine Halle, davor liegt ein großer Parkplatz. Rudi zeigt darauf. »Na bitte«, sagt er. Wir gehen über den Parkplatz. Dort stehen 32 schwarze Autos, 9 silberne und 1 rotes. »Alle mit intakter Lichtmaschine«, sagt Rudi.

Die meisten haben breite Reifen und dicke Auspuffrohre. Die Automarken kenne ich. Ich kenne noch nicht gut die Abkürzungen die hinten rechts auf den großen Wagen stehen, wie 600XLC oder SLX, diese Abkürzungen hier sind länger als bei den Autos auf anderen Parkplätzen. Männer und Frauen mit großen Taschen steigen aus den Wagen und werfen die Autotüren zu. Sie gehen zum Eingang und lösen beim Gehen durch Daumendruck auf den Schlüssel die Zentralverriegelung ihrer Wagen aus.

Vorn in der Halle steht eine Rezeption wie in einem Hotel. Dahinter stehen Frauen mit blondem Pferdeschwanz und einer blauen Uniform. Ich frage Rudi, ob das eine Art Stewardessen sind, aber er antwortet nicht. Sie haben Rudi angelächelt, die Stewardessen, und sogar mich, noch bevor ich wegsehen kann. Die Stewardessen sind sehr schnell und geschult und lächeln viel. Ich weiß nicht, ob man von Lächeln Muskelkater bekommen kann. Das hier ist ein Sportstudio. Ihre Pferdeschwänze folgen ihrer Körperbeschleunigung. Wenn man geschult ist, schaut man andere an und lächelt. Das soll ich auch üben, sagt Herr Gelinder. Es würde auch nach innen zurückwirken.

Es sind viele Menschen da, zappeln und rennen und schnaufen. Ich komme schnell aus der Balance, wenn viele da sind. Überall schlagen Türen. Manchmal ruft jemand Hallo oder sagt: »Super.« Viele haben ein Handtuch um den Hals gelegt. Musik kommt aus Deckenlautsprechern; auf einem Fernsehbildschirm über der Bar macht ein Mann Liegestützen und zählt. Er ist bei 56.

Ich stecke meine Stöpsel in die Ohren. Es riecht nach Chlor. Ich ziehe Rudi an der Jacke. Das ist mein Zeichen, dass ich rauswill. Er zischt: »Wir ziehen das jetzt durch.« Er gibt mir ein Zeichen: Er senkt langsam die gestreckte Hand vor seinem Bauch nach unten und atmet dabei aus. Ich soll ruhig atmen. Ruhig ausatmen. Alles ist in Ordnung.

Es ist aber eine Unordnung. Links und rechts von mir kommen Männer und Frauen in Sportkleidung aus Türen heraus und gehen durch Türen hinein. Sie laufen Treppen hinauf und hinunter. Manche schütteln immer wieder Arme und Beine aus. Andere joggen auf der Stelle. Manche atmen so laut aus, dass ich es durch die Stöpsel höre. Eine Frau lässt plötzlich den Oberkörper nach vorne baumeln und berührt mit ihren Fingerspitzen die Erde. Manche tragen Stirnbänder oder Armbänder aus einem Frotteestoff.

Rudi muss viele Zettel ausfüllen. Da ist ein Restaurant. Es hat Auslagen in einer Vitrine. Man kann dann an der Menge des Speichelflusses bemessen, wie viel Hunger man hat: Muffins, Obstsalat im Plastikbecher, Müsliriegel, Salat mit Hähnchenstücken und Getränke in silbernen Kunststoffflaschen mit gelben oder grünen Kappen. Wieder 3 Mal »f«. »Ein Hähnchen schreit nach Pommes, nicht nach Salat«, hat meine Mutter einmal gesagt. Ich habe das nie ganz verstanden, ich schreibe das auf die Liste.

Rudi kommt und holt mich von der Vitrine weg. »Umziehen«, sagt er. Er schiebt mich vor sich her in die Männerumkleidekabine. Es sind viele Männer darin, viele sind nackt oder nass oder beides. Immer muss ich kurz auf die Geschlechtsteile gucken. Warum bringt Rudi mich hierher? Er weiß, dass ich das nicht vertrage. Ich sehe nach unten. Ich bleibe stehen. Überall sind Leute dicht neben mir. Rudi sagt, ich soll das mal beschreiben, wie das wohl für andere wäre, also übersetzen, sagt Rudi. Wie soll ich das wissen? Wenn ich das jemandem beschreiben soll, ist es vielleicht wie Platzangst, wenn ihr in einem Spind eingeschlossen werdet, die Arme an den Körper gepresst, das Kinn auf die Brust, dunkel drin und draußen, ohne Zeitplan, wann es aufhört, so vielleicht.

An der Wand hängt ein Sprühapparat mit Parfum, der Mann auf dem Foto auf dem Sprühapparat sieht mich an. Einer lacht. Ich fange an zu atmen. Heftig. Ich rufe. Ich schmelze. Mir wird heiß und heißer. Wo sitzen? Rudi kommt auf mich zugestürzt. Mehr weiß ich nicht. Ich komme zu mir in einem kleinen Raum. Ich liege auf einer Pritsche, meine Beine liegen erhöht, das soll gut für den Blutfluss sein. Eine Manschette liegt um meinen Arm. Damit kann man den Blutdruck in Millimeter Quecksilber messen. Rudi steht daneben und redet auf einen Mann mit weißer Hose und weißem Hemd ein. Dann sehen sie beide mich an und schweigen. Der weiße Mann sagt: »Also meinetwegen. Auf eigene Gefahr.«

Ich darf mich in der Bude umziehen. Rudi hat mir eine Sporthose und ein T-Shirt geliehen. Turnschuhe hatte ich. Die hellblauen. Rudi hat orange Turnschuhe an. »Wenn zu viele Leute kommen, dreh dich um, hörst du? Und jetzt hör auf mit diesem Opferblick«, sagt er. Er ist sauer, nicht mehr wegen der Lichtmaschine. Wir steigen die Treppe hinauf. Auf einem Tennisplatz stöhnt ein Mann bei jedem Schlag mit dem Schläger. Vor uns liegt ein Saal mit schwarzen Maschinen, auf denen sich Menschen bewegen. Sie treten oder rennen oder schreiten Stufen herauf, die sich immer nach unten bewegen. Keiner kommt voran. Alle haben Kopfhörer auf und blicken auf Fernsehbildschirme gegenüber, auf denen Menschen auf Sofas sitzen und reden. Keiner sieht uns an, das gefällt mir. Rudi zeigt auf ein freies Laufband. Er schwingt sich darauf und beginnt, mit dem Band um die Wette zu rennen.

»Möchten Sie an diesen Stepper?« Eine Frau, die ein Handtuch um den Hals und einen Pullover um die Taille geschlungen hatte, bietet mir ihre Maschine an. Ich weiß nicht, was ich tun soll. Rudi rennt auf einem Laufband und sieht mich nicht. »Kommen Sie«, sagt die Frau, »ich zeige es Ihnen«.

Ich steige auf den Stepper und trete abwechselnd mit dem rechten Bein und dann mit dem linken. Das ist wohl der Sinn. Linkes Bein, rechtes Bein. Die Frau lächelt und sagt: »Super.« Dann geht sie.

Rauf, runter, rechts, links. Kolben. Man könnte hier Strom gewinnen. Auf dem Display leuchten neun Lichter auf. Ich halte an und beschäftige mich mit dem Display. Da ist auch ein Ohrclip. Das Gerät hat Zeitmessung, Wiederholungsmessung, Gesamtstreckenerfassung, Trittfrequenz (akustisch zuschaltbar), Unterstützungskraft, Pulsfrequenz, Energieverbrauch, Raumtemperatur, eine Erholungszeitmessung und eine Widerstandseinstellung. Es gibt die Möglichkeit, Zielvariable vorzugeben.

»Wenn Sie hier blockieren, sollten Sie auch steppen«, sagt plötzlich ein Mann neben mir. Er hat die Lippen ganz fest aufeinandergepresst, sodass fast kein Rot mehr da ist. Ich programmiere gerade den Stepper auf maximalen Widerstand. Die Unterstützungskraft habe ich ausgeschaltet.

Ich überlasse dem Mann die Maschine. Rudi rennt hinten weiter auf seinem Laufband auf der Stelle. Auf einer schmalen Bank liegt eine Frau auf dem Rücken. Sie hat sich ein Gewicht auf den Bauch gelegt und stößt es immer wieder mit den Bauchmuskeln nach oben. Dabei macht sie: »Uh! Uh! Uh!« Ein Mann hält eine Stange mit Gewichten lange in die Luft und färbt sich langsam rot im Gesicht.

Ein Mann ist in einer Kraftmaschine eingeklemmt und versucht immer wieder, sich aufzurichten. Die Maschine drückt ihn immer wieder nieder. Sein Gesicht ist verzerrt. Ich gehe ihm helfen. Er schimpft, ich muss wegrennen, die Treppe hinauf, da ist es stiller. Der Teppich ist lindgrün, das beruhigt. Ich kann mich schlecht orientieren. Darum gehe ich geradeaus. Da ist eine Tür, dahinter ein gefliester Gang. Es ist sehr warm hier. Hier haben die Leute nur Handtücher um die Hüften. Viele sind dick. Sie verschwinden in kleinen Holzhütten, dann nehmen sie die Handtücher von den Hüften und sind wieder nackt, wie ich durch ein kleines Sichtfenster sehen kann. Ich gehe schnell hinaus. Eine Treppe führt im Bogen hinunter. Ich muss Rudi wiederfinden. Da unten, irgendwo auf der anderen Seite, muss er sein.

In einem Raum hinter einer Glastür sehe ich mehrere Menschen einem einzelnen Menschen gegenüber, der ein Stirnband und Armbänder aus Frottee trägt. Sie machen alles nach, was der Mann mit den Frotteebändern vormacht. Wenn er mit der rechten Faust in die Luft boxt, tun das alle anderen auch. Sie treffen aber niemanden. Dann treten sie mit dem Bein plötzlich zur Seite. Gut, dass da niemand steht. Dann machen sie tief angesetzte Haken abwechselnd mit der rechten und der linken Faust und wechseln dabei rhythmisch die Beinstellung. Es läuft synthetische Musik mit einer primitiven Basslinie. Ich stecke meine Stöpsel tiefer in die Ohren, aber der Bass geht über meinen Kiefer ins Ohr. Daher gehe ich einen Raum weiter. Dort stehen 3 Männer, sie haben rote Helme auf. Sie haben Boxhandschuhe an. 2 tänzeln umeinander. Dabei halten sie sich die roten Boxhandschuhe vor das Gesicht. Sie wollen sich dahinter verstecken.

»Willkommen«, sagt der Boxer, der gerade nicht tänzelt. »Hier«, sagt er und gibt mir ein Paar rote Handschuhe, »guck mal, ob die passen«.

Ich ziehe die Handschuhe über, es wird Winter um meine Hände. Ein anderer Boxer hüpft auf mich zu.

»Paff, paff, poff«, macht er. Seine roten Handschuhe treffen meine Handschuhe. »Paffpaffpoff«, macht er bei jedem Treffer. Er schnauft. Dann sieht er mich an. Er schlägt mich ein bisschen. Ein fremder Mann schlägt nach mir. Ich weiß oft nicht, wie ich bin. Rudi weiß das besser. Aber man soll mich nicht schlagen. Meine Lehrer sagen das immer den anderen Schülern: »Lasst ihn, provoziert ihn nicht, er kann damit nicht so umgehen wie ihr.« Ich bekomme einen Treffer am Oberarm. Der Boxmann sagt: »Deckung, Deckung!« Ich atme aus. Und dann tief ein. Das wurde mir von Herrn Gelindern und meiner Klassenlehrerin empfohlen.

»Hey, Körperklaus«, schnauft er, »willste was lernen? Fechten mit Fäusten?«

Ich spüre immer, wenn es nicht weitergeht, wenn gleich

was passiert, wenn ich schmelze oder beiße oder brülle. Diesmal merke ich nichts, es geht zu schnell. Erst hinterher. Viele Leute sind um mich. 2 Leute halten mich fest. Auf meinen Handschuhen sieht man gesprenkeltes Blut, wenn man genau hinsieht. Und ein kleines Rinnsal aus Schleim, auf dem ein einzelnes gebogenes Härchen schwimmt. Wenn ich mit einem Auge ganz nah an das Härchen gehe, ist es ein kleines Boot auf dem Schleimamazonas. Ich solle verdammt noch mal herschauen, ruft man. Auf einmal ist Rudi da. Wir werden rausgebracht, ich erinnere nichts Genaues. Die Menschen halten die Köpfe eng beieinander.

Als wir gehen, als die Füße uns wegtragen, piff, paff, komme ich im Kopf zurück. Ich merke, dass ich die Handschuhe noch anhabe. Mit dem Blut. Alles ist schnell gegangen. Rudi schweigt. Dann sagt er: »Sie werden Anzeige erstatten.«

»Es ist Boxen«, sage ich. »Piffpaffpoff hat angefangen. Ich wollte nicht zuhauen. Ich weiß gar nicht genau, wie das geht.«

»Willst du wissen, wie es ihm geht?«

»Ist er tot?«

»Nein«, antwortet Rudi, »von dir stirbt man nicht. Er hat Nasenbluten und eine höllische Wut auf dich.«

Wir schweigen eine Weile. Rudi fängt wieder an zu sprechen: »Hast du schon mal geboxt? Hat es dir gefallen?«

»Ich weiß nicht. Kann mich nicht erinnern. Vielleicht sollte ich das nicht mehr tun.«

»Soll man Sachen, die man gut kann, nicht mehr tun?

Ich könnte mir vorstellen, dass das Boxen dir guttut, wenn es geregelt abläuft. Vielleicht wirst du es mal brauchen können.«

Das hat Rudi so gesagt. In die Luft hinein. Man sagt »6. Sinn« dazu. Aber ich habe nachgezählt und es sind 5 Sinne.

Rudi, 16. September: Mal im Ernst

Auftritt im Belvedere. Nichts war aufgebaut. Als ich hinkam, versuchte irgendein Praktikant, die Boxenkabel zu löten. Bierkisten wurden geschleppt. In einer halben Stunde war Einlass. Zwei Kabel fehlten, das Bühnenlicht war zu dunkel. Ich kriegte die Snare nicht richtig gespannt. Das Klavier war verstimmt, es war zum Kotzen. Feline trippelte hin und her und ordnete ihre Noten. Dann sah ich August, hinten, in der Ecke, mit seinen Bazong-Klamotten: unten grüne Wolle, oben weißliches Polyester, braune Woolworth-Schuhe. Er hielt die Augen geschlossen und beugte sich über seinen Bass wie über eine kleine Lady. Er zupfte zärtlich an ihr herum, strich mit dem Bogen, neigte sich tief zu den F-Löchern und horchte. Oft habe ich Mitleid mit ihm, manchmal eine verdammte Wut. Dann aber wieder, wie jetzt, zeigt er dir, was eigentlich zählt: nur das tun, was du gerade tust, die alte Zen-Geschichte – alles klar? Also beim Quatschen mit einer Frau nicht schon ans Vögeln denken und beim Vögeln nicht ans Rauchen danach und beim Rauchen danach nicht an die letzte U-Bahn und in der U-Bahn nicht ans Vögeln und so weiter. Das macht August so einzig.

Danach bin ich viel relaxter rangegangen, Kojo und Peter kamen sowieso später, der ganze Gig verschob sich um zwei Stunden nach hinten, August konnte vorschlafen, alles war prima. Hinterher kamen sogar noch ein paar Mädels hinter die Bühne. Mal im Ernst: August soll boxen lernen. Boxen und die Liebe.

August, 6. Juli: 14. Schreibaufgabe von Rudi.
Thema: »Meine erste Boxstunde«

Der Boxklub ist in der Nähe von dem Lokal, wo ich mit Kojo war, um zu lernen, wie man mit Frauen spricht, sagt Rudi. Er hat mich abgesetzt. Ich übe zu wenig Bass, immer soll ich andere Dinge tun. Ich tue alles für Freya, für die Vorbereitung, wenn ich sie mal wieder sehen sollte, damit alles stimmt und ich mich nicht blamiere. Dafür soll ich auch boxen lernen, und weil Rudi und Herr Gelinder denken, es wäre gut, und Mutter denkt auch, es könnte beim Imbiss nicht schaden. Kassieren und Boxen wäre eine gute Kombination.

Hier ist die Nummer 42, hier soll ich hinten durchgehen, an den Mülltonnen vorbei. Dann stehe ich auf einem alten Fabrikhof. Ich klopfe an eine Tür, vor der Schuhe stehen. Ein Junge, der mir nur bis zu den Knien reicht, macht mir auf und sieht mich an und seine Mutter mit dem Kopftuch kommt. Sie sagt, dass bei ihnen keiner boxt.

An einer kleinen Lagerhalle ist eine Klingel, auf die drücke ich, und ein Türke kommt und stößt die Tür auf und sagt Hallo und wickelt sich die Hände mit Band ein. In einem Zimmer, welches keine Küche ist und kein Wohnzimmer und kein richtiger Keller, steht eine Holzbank und dort sitzen mehrere und ziehen sich um und ich ziehe mich auch nackt aus und die Sporthose an, und einer lacht, weil ich die Sporthose ohne Unterhose anziehe, aber so mache ich das und habe nachher eine recht saubere Unterhose.

Und dann kommt einer, der sagt, dass er der Trainer ist, der Branco. »Du bist neu?«, fragt er, obwohl man das so nicht sagen kann. »Hast du schon mal geboxt?«, fragt er, und ich sage Ja, ein Mal, k. o., und alle lachen, und jetzt haben sie schon 2 Mal gelacht, und vielleicht heißt das, dass ich gemocht werde. Ich weiß nicht, ob das gut ist oder schlecht für das Boxen. Ich soll den Hosenbund nicht so hoch ziehen, das verkleinert die Trefferfläche. Und dann turnen wir kräftig, also wir boxen noch gar nicht, sondern hüpfen und halten die Beine beim Liegen in der Luft und solche Dinge, und die kann ich gut, weil sich die Stärke von meinem Vater auf mich übertragen hat. Und dann arbeiten wir am Sack, wie das heißt, und Branco sagt, ich bin ein »Rechtsausleger«, ich muss besonders auf die Füße achten, aber gut wär das, wirklich gut, und ob ich wirklich erst einmal geboxt hätte, ich soll noch mehr tänzeln, weiter tänzeln, und die Deckung, die Deckung, und er haut nach mir und ich muss mich immer ducken, aber das kann ich von Natur aus, mich ducken, und dann soll ich Körper-Kopf-Kopf machen gegen den Sack, Körper-Kopf-Kopf, und das tue ich, wie einen Militärwalzer, wenn es das gibt, und er kreist um mich herum wie ein Satellit, und dann sagt er, dass ich wiederkommen soll, weil er, Branco Stupic, ehemaliger Hamburger Meister, gleich sehen kann, ob einer was taugt oder eben nicht.

August, 10. Juli: 15. Schreibaufgabe von Rudi: »August geht seiner regulären Arbeit nach.«

Der Mathelehrer auf dem Fahrrad bin ich. Mein Fahrrad fährt mit mir unter der Elbe durch. Ein Tunnel ist eine künstliche Passage, die Hindernisse unterquert. Der Tunnelverlauf kann durch eine ganzrationale Funktion beschrieben werden. Das könnte ich mit Hilda durchnehmen. Ich bin spät dran, meine Beine sind ein Zweizylindermotor. Mein Herz ist eine Einspritzpumpe. Ich springe vom Fahrrad und öffne das Gartentor und schiebe das Rad hindurch. Die Kamera hat mich wieder im Blick. Sie filmt, wie ich mein Fahrrad an die Garage lehne. Ich lerne, mich an Dinge zu gewöhnen.

Ich drücke auf die Klingel, dazu nehme ich heute einmal den linken Ringfinger. Mit Boxhandschuhen könnte ich die Klingel nicht drücken. Boxer stehen lange vor der Tür, weil sie nicht klingeln können. Dann schlagen sie die Tür ein vor Wut. Weil ich jetzt boxen lerne, ist die Kamera wachsam. Die Kamera filmt, wie ich klingele. Im Haus erklingelt Fis – D. Daran scheitert die Kamera. Hilda öffnet die Tür. Aber da unten, im Türspalt, sind ein Gebiss und eine Zunge. Sind Zähne bis zu den Ohren, ist eine Bestie, ein Kalb, CUT. Rennen, rennen.

»Herr Stork«, sagt Hilda, »kommen Sie zurück! Keine Angst. Das ist Alberich. Der ist ganz lieb.«

Er sucht mich. Hier gibt es viele Büsche. Das Tier riecht an meinem Fahrrad. Es ist ein Hund. Ich habe gehört, dass Hunde, die mit dem Schwanz wedeln, freundlich gestimmt sind. Ich muss Herrn Gelinder fragen, ob das stimmt. Vielleicht sind Hunde, die mit dem Schwanz wedeln, besser als Väter, die einem die Hand quetschen. Jetzt sind sie bei mir. Ich komme aus der Hocke hoch, damit mich der Hund nicht in den Kopf beißen kann.

»Das tut mir leid«, sagt Hilda, »ich wusste nicht, dass Sie Angst vor Hunden haben.«

»Das wusste ich auch nicht«, sage ich.

»Aber Alberich mag sie«, sagt Hilda.

Alberich drückt seine Schnauze gegen mein Bein. Man tut das, wenn man sich mag. Alberich wedelt seinen Schwanz mit einer Frequenz von 4 bis 5 pro Sekunde. Dann folge ich den beiden ins Haus. »Eigentlich«, sagt Hilda, »dürfen bei uns keine Fahrräder an der Garage lehnen, aber Klaus ist weg.«

Wir sind in ihr Zimmer gegangen, ohne den Hund. Während ich Hilda die Berechnung von Tunnelverläufen erkläre, sieht sie aus dem Fenster und saugt an einem Kunststoffhalm Cola aus ihrem Glas. Ich sehe sie von der Seite und muss an Freya vom Strand denken. Die hier hat einen Mund, so ähnlich wie Freya vom Strand.

Hilda fragt, was los ist. Ich sage, wir können einen Fluchttunnel von ihrem Garten bis zur Elbe berechnen. Sie will aber lieber Aufgaben aus ihrem Mathebuch lösen. Sie braucht einfache Kochrezepte für Mathe, sagt sie. Ob ich das verstünde. Ich sage Nein. Kochen hätte mit Mathematik wenig zu tun, außer bei den Mengenangaben, wie viel Öl für wie viele Pommes frites zum Beispiel. Sie fragt, wie ich denn auf so ein Beispiel käme. Ich sage es ihr nicht. Wir müssten einfach konsequent ihre Hausaufgaben zusammen machen und es irgendwie hinbekommen, dass ich ihr die Lösungen der Klausuraufgaben verschaffe. Das wäre effektiver, als wenn ich versuche, ihr Mathe beizubringen. Noch hätte sie keine Idee, wie wir das machen könnten, weil Mathe per SMS nicht geht. Ob ich mir zutrauen würde, mich auf einer Damentoilette zu verstecken, fragt sie. Darüber hatte ich bis dahin noch nicht nachgedacht. Ich gehe nicht gern auf öffentliche Toiletten. Aber um ruhig rechnen zu können, würde ich auch auf eine Damentoilette gehen. Man kann ja abschließen.

Ich stückele Hildas Hausaufgaben wieder in Einzelschritte. Sie überträgt Lerninhalte aus der letzten Stunde auf die jetzigen Aufgaben. Ich wundere mich darüber, wo in mir das Wort »Einzelschritte« und das Wort »Lerninhalte« versteckt waren.

Was sie über Mathematik denkt, kann ich nicht erkennen. Dann schickt sie mich nach Hause, wir sind ja längst über die Zeit. Sie gibt mir immer Extrageld, das hat ihr Vater so verfügt.

Ich trinke meine Milch aus. Ob ich allein zur Haustür finde. Ich sage Ja. Aber das Haus ist groß. Mir ist das unangenehm, ich verirre mich leicht in Räumen, die mir fremd sind. Ich versuche, mir eine Karte im Kopf zu machen, von den Räumen ihres Hauses. Ich kenne die Verzierungen des Treppengeländers und das Teppichmuster, aber ich weiß nicht, wo es zur Küche geht oder zur Toilette. Alles ist neu, es gibt viel zu beachten, es gibt so viel zu merken.

Ich hebe meine Handflächen vor die Brust und winke Hilda zu. Beim Rückwärtsgehen stoße ich mit dem Rücken gegen ihre Zimmertür. Hilda sucht in einem Umhängekorb nach ihrem Handy. Sie wählt und winkt mir mit rechts zu, während sie links ihr Handy an den schräg gelegten Kopf hält. Ich schließe die Tür. Draußen ist ein kleiner Flur, von dem 4 Türen abgehen. Hinter einer muss es auf diese Galerie gehen, von dort aus runter in die Diele. Alle Türen sind weiß. Vielleicht ist die Tür, die zur Galerie geht, anders als die anderen. Hinter einer der Türen wohnt vielleicht der Hund. Hinter einer Tür höre ich ein Geräusch. Jemand ruft. Oder stöhnt. Klingt das gefährlich? Ich kenne mich da nicht aus. Eine Frau ruft. Sie ruft aber nicht »Hilfe«, wie man das tun soll. Sie ruft eher »Hmm! Hmm!«. Vielleicht hält ihr jemand den Mund zu. Sie presst die Stimme hervor. Ich halte mein rechtes Ohr an die Tür. Das macht man nicht in fremden Häusern. Aber es scheint eine Notlage zu sein. Ich werde Herrn Gelinder fragen, ob ... Jetzt höre ich auch eine Männerstimme. Sie brummt etwas oder murmelt. Ich kann es kaum verstehen. Sagt der Mann: »Die Ruder«? Oder: »Du Luder«? Oder: »Puder«? Dann sagt die Männerstimme: »Ja. Ja. Jaaa!« Er ruft es. Die Frau jault. Ich löse den Kopf von der Tür. Ich habe schon einmal geboxt. Ich muss dahinein und muss helfen. Ich reiße die Tür auf und da liegt der Mann auf der Frau. Und zwar nackt, also unbekleidet, CUT. Ich sehe den nackten Hintern des Mannes, also den Po, Achtern, Steven, den After, Hinterteil, Arsch. CUT. Die Frau sieht, dass die Tür aufgegangen ist, und schreit jetzt richtig. Sie zieht sich sofort ein Kissen über den Kopf, ich schlage die Tür wieder zu und renne eine Tür weiter, bis auf die Galerie, bin im Erdgeschoss, bin aus der Haustür, bin auf dem Rad und auf der Straße. Fahre, trete, rase die Straße zur Elbe runter, schreie, schmelze. Bin am Sand. Liege im Sand. Ich kenne die Frau. Frau Mondstein, Freya. Es ist alles anders. Ich stecke meine Zunge in den Sand.

Rudi, 16. September: Das Popotattoo

Also August rief danach an. Immerhin macht er das jetzt, wenn es ihm schlecht geht. Erzählte mir alles brandheiß. Starke Story. Wenn's nicht August wäre, würd ich mich schlapplachen. Dass die gevögelt haben und August dachte, da geht Gewalt ab. Liegt halt manchmal eng beieinander, Gewalt und Sex. Vielleicht hätte ich ihm nicht verschweigen dürfen, dass ihm die Dame vom Nachhilfebüro ein paar Blankeneser Anfragen zukommen lassen wollte und ich beim Namen Unverzagt-Plotz zugeschlagen habe. Wenn das Schicksal mit dem Zaunpfahl winkt, muss man zurückwinken. Und jetzt liegt die Liebe seines Lebens fünfzehn Meter weit von ihm entfernt mit einem anderen, während er mit der Schwester Formeln bimst. Am meisten aber hat mich, unter uns gesagt, interessiert, dass der Typ ein Tattoo auf dem Hintern hatte. Das hat August erst ganz am Schluss erzählt, als es ihm schon ein bisschen besser ging. David Beckham soll ja auch ein Tattoo auf dem Hintern haben. Eigentlich, hab ich zu August gesagt, sind wir jetzt ein Stück weiter, denn erstens: Wenn du das Ohr an die Tür pressen musstest, um was von ihrem Sex mitzukriegen, kann es nicht sooo toll gewesen sein. Zweitens: Missionarsstellung ist auch nichts für echte Szenegänger. Drittens: Wer ein Tattoo auf dem Hintern hat, möchte gern aussehen wie David Beckham, ein Model, das zu meiner Zeit mal Fußball gespielt hat. Er sieht aber meistens nicht aus wie David Beckham. Und viertens: Du weißt jetzt, wo deine Angebetete wohnt, und darfst ein und aus gehen. Wichtigste Frage jetzt? Na? Logo: Ob Freya August erkannt hat oder nicht. Nächster Schritt: Freya überzeugen, dass du der Bessere bist. Und zwar nicht dadurch, dass du dir ein besseres Tattoo auf den Hintern ritzt. Obwohl das interessant wäre, für Augusts Hintern ein Tattoo auszusuchen. Den Lover von Freya können wir jetzt zweifelsfrei identifizieren. Jedenfalls nackt.

PS: Habe August gefragt, welches Tattoo er sich auf den Hintern machen lassen würde. Er fand das gar nicht witzig. Dann hat er aber gesagt: $V = \frac{4}{3}\pi \cdot r^3$*. Wozu die Formel gut wäre, habe ich gefragt. Zur Volumenberechnung einer Kugel, hat er geantwortet.*

Freya, 10. Juli: »Coitus interruptus«

Da ist, als ich mit Ben geschlafen habe, irgendwer zur Tür reingekommen. Ich dachte, es wäre Klaus, war er aber nicht, das hätte ich sofort gespürt, außerdem kann man sich auf seine Abwesenheit verlassen. Ich habe aber denjenigen, der da reinkam, nicht sehen können, weil Ben auf mir lag. Wir haben sofort aufgehört, waren irgendwie erstarrt. Ben hat total geflucht, »verdammter Mist, ausgerechnet jetzt, kann der nicht zwei Minuten später kommen?«.

Ich habe mir ein Bettlaken übergeworfen und bin schnell zu Hilda rübergegangen. Ben hat immer mit den Fäusten auf die Bettdecke geboxt. Ich habe Hilda das nicht genau erzählt, sondern nur, dass da jemand reingekommen ist zu mir, plötzlich, ohne anzuklopfen. Sie meinte, das müsste ihr Nachhilfelehrer gewesen sein, Herr Stork. Sie lachte. Sie siezt ihn. Er wär sehr eigen, manchmal etwas ungelenk, der muss es wohl gewesen sein. »Der ist harmlos«, sagt Hilda. Warum habe ich mein Zimmer nicht abgeschlossen? Weil es Ben antörnt, nicht abzuschließen, deshalb. Weil es Ben antörnt, es draußen zu machen oder in der Küche, auf der Rückbank eines Autos und so. Mich törnt es nicht an, ich will es vertraut und warm, warum versteht er das nicht? Ich habe mein Sexualleben nicht aus Pornos abgeguckt. Ab jetzt wird abgeschlossen.

Ben war anschließend nicht mehr zu gebrauchen. Erst ist er kurz zu Hilda gegangen und hat gesagt, er will ein Foto von dem Typen haben. Dabei hat er die Türen aufgerissen und wieder zugeknallt. Hilda hat gesagt, sie hat keine Fotos von ihren Lehrern bei sich. Außerdem sei der harmlos wie ein Igel. Den größten Schrecken hätte der sicherlich selbst bekommen. Dann ist Ben zum Training gegangen. Er hat seine Boxsachen immer dabei. Er meinte, heute würde er alle k. o. hauen. Und wenn er diesen Storktypen träfe, würde er ihn bewusstlos hauen. Hilda sagte, der Stork würde sicherlich nie zum Boxen gehen. Dann war Ben weg und ich habe mich irgendwie gefreut, wie still es war. Stork, Stork, irgendwie kam mir das bekannt vor. Ich habe im Bett gesessen, wieder nackt. Ich habe mich ganz ausgezogen und es genossen, wie weich meine Decke war. Wenn man nackt ist, ist es besonders warm unter der Decke, und wenn es durch eine Falte zieht, besonders kalt.

Als ich aufwachte, war es draußen dunkel. Bei Hilda war Licht. Ich habe durchs Schlüsselloch geschaut, sie saß über einem Buch. Es kann kaum sein, aber es war, glaube ich, ihr Mathebuch. Vielleicht sollte ich mich mehr für Mathe interessieren, vielleicht hilft es aber auch beim Einschlafen. Ich habe geklopft, sie war nicht überrascht, dass ich gekommen bin, sie hat nichts gesagt, aber ich glaube, sie hat sich gefreut. Wir haben auf dem Bett gesessen und geredet wie seit Jahren nicht mehr. Über Ben, über Klaus, über August, über Herrn Stork und seinen Begleiter (der gefiel Hilda) und über Männer im Allgemeinen. Dann bin ich ins Bett und lag wach. Stork, hat es nachgehallt in mir. Stork. August, hieß der nicht Stork mit Nachnamen? Der wohnt ja auf der Veddel. Und kommt von einem Imbiss und soll jetzt Mathelehrer sein? Und hat er nicht am Strand Berechnungen durchgeführt? Und war er nicht von den Idioten im Auto hier aufgegriffen worden, also ist er öfter hier? Aber wenn er es war, dann hat er Ben und mich gesehen, und bei dem Gedanken bin ich aufgestanden und im Zimmer auf und ab gelaufen. Wahrscheinlich, wenn er es war, hat er mich sowieso nicht erkannt, ich lag ja unten und Ben deckt alles zu. Ich wollte zu Hilda und mir Herrn Stork exakt beschreiben lassen, aber sie schlief schon und sie wird stinkesauer, wenn man sie weckt. Ich schrieb ihr einen Zettel und schob ihn unter der Tür durch. Darauf stand: »Ganz dringend! Wie heißt Herr Stork mit Vornamen? Kommt er bald wieder? Wann?«

August, 12. Juli: Eigene Schreibaufgabe. Thema: »Was man braucht«

Der Mann, der auf Freya lag und mit ihr Sex hatte, der mit dem Tattoo. Er lag auf Freya, der Freya vom Strand, der Mondsteinfrau. Er kann froh sein, dass jemand sein Tattoo gesehen hat. Ich bin jetzt ein Geheimnisträger. Beim nächsten Mal werde ich ihm sagen, dass das ungewöhnlich ist, so ein Tattoo. Ob ich es noch mal sehen könnte, ich habe nicht genau hingesehen, ich war abgelenkt. Das ist selten so. War es eine Rose? Oder ein Fisch? Ein Schädel? Ich war abgelenkt, weil er auf Freya lag. Und weil beide nackt waren. Aber ich habe ihren Mondsteinring gesehen, ihre linke Hand hing aus dem Bett, dann hat sie sich in das Kissen gekrallt. Ob Freya auch ein Tattoo auf dem Po hat?

Freya hat Sex mit einem Mann. Sie hat mich am Strand geküsst, aber ein Kuss ist wohl eine symbolische Tat. Ich kenne mich da nicht aus. Ein Kuss ist kein Vertrag. Freya wohnt bei Hilda. Sie ist die Schwester von Hilda. Freya braucht keine Mathenachhilfe. Oder der Mann mit dem Tattoo war ihr Nachhilfelehrer. Vielleicht möchte auch ich Sex haben. Ich habe nur Mathe.

August, 13. Juli: 16. Schreibaufgabe von Rudi. Thema: »Liebe und Eingeweide«

Ich weiß, dass ich August genannt werde. Aber getauft bin ich nicht, Mutter Stork war unsicher. Und mein Vater war zu schnell weg, er ist namenlos geblieben. Wer das hier liest, der weiß von ihm so viel wie ich. Ich denke jetzt öfter an die Mondsteinfrau als an den Bass. Und ich merke, dass ich Eingeweide habe. Und dass Eingeweide wehtun können und dass die Lunge und das Herz ziehen, wenn ich an Freya denke. Und der Darm und die Beine und die Leisten, die Kniekehlen, der Mund, CUT. Wozu ist das gut? Es bringt mich durcheinander, ich kann nicht üben, ich kann nicht schlafen. Dieses Ziehen wird aber stärker, wenn ich daran denke, dass der Tattoopopomann mit ihr Sex gemacht hat. Ich kann dann nicht mehr geradeaus gehen. Ich kann nicht nachdenken. Wenn mich jemand bei McDonald's fragt, was ich bestellen möchte, weiß ich es nicht mehr.

Wenn man ein Tattoo auf dem Hintern hat, dann bewegt sich das Tattoo, wenn man den großen Glutealmuskel bewegt. Man könnte, wenn man geschickt ist im Tätowieren, etwas darauf abbilden, was sich mitbewegt. Ein Pferd zum Beispiel, dann hätte man ein kleines Kino. Popokino. Ich will zu Freya gehen. Ich brauche vielerlei Nachhilfe. Und vielleicht ein Tattoo.

Rudi, 17. September: In eigener Sache

August hatte mir die Geschichte mit der Türverwechslung noch mal detailliert erzählt. Manchmal überrascht einen die Wahrheit mit einem Leberhaken. Eigentlich sollte es ja genau so sein: Die Frau deines Lebens wohnt nebenan. Nur blöd, dass er bei der ersten Frau seines Lebens ins Zimmer gerannt ist und ihn als Erstes der Arsch seines Konkurrenten angrinste. Hilda aber, die Schöne aus der Eingangshalle, die mir damals, wenn mich meine Hormone nicht täuschen, die berühmte Spur länger als nötig in die Augen schaute (ihr erinnert euch sicherlich nicht so gut wie ich), Hilda schien solo zu sein. Allerdings war die Indizienlage noch schwach. Ich würde weiterrecherchieren, Beweise sammeln und berichten. Aber vorher würde ich die Hände hinter meinem klugen Köpfchen verschränken, die Augen schließen und den großen Liebes- und Eroberungsplan vor meinem inneren Auge erwarten. Na? Also? Von mir aus kann er kommen. Und langsam keimt es in mir auf, jawollo! Ich würde nachts die Fäden ziehen, wenn die Großstadt schläft. Mir war da eine kleine Idee in den Kopf gekommen, für ein Experiment, ein Spielchen mit dem Schicksal. Nachts würde ich das Fundament legen für die Operation »Doppelhochzeit«.

Freya, 18. Juli: »Wie Hilda mir die Karten liest«

Klaus muss den Umschlag morgens gefunden und auf den Esstisch gelegt haben. Als Maria uns weckte, schob sie ihn zwischen unsere Frühstücksteller. »Für die Töchter des

Hauses Von Unverzagt-Plotz«, stand darauf in einer krakeligen Schrift. Das war mal was anderes, fand ich. Aber wie ein Detektiv wollte ich den Umschlag nicht gleich aufreißen. Ich sah mir die Schrift an: Männergekritzel mit billigem Kuli, der immer mal wieder im Strich so fettige kleine Tropfen hat. Der Umschlag roch neutral (was hatte ich erwartet?).

»Zeig mal her – schon Post?« Hilda streckte die Hand aus.

Der Umschlag hatte Knicke an den Ecken. Ich hielt ihn Hilda hin, die kaute an einem Nutellabrötchen und hatte die andere Hand immer noch ausgestreckt.

»Gib doch mal«, sagte sie und riss den Brief an sich. »Wow«, sagte sie, dabei flog ein feuchter Brötchenkrümel aus ihrem Mund auf den Tisch, »sieht mal nicht aus wie Werbung. Ich mach auf, okay?« Sie war schon dabei, den Umschlag mit dem Nutellamesser aufzuschlitzen. Der Umschlag hatte keine Briefmarke, keinen Absender. Den Umschlag hatte jemand in der letzten Nacht unter der Haustür durchgeschoben. Unser Security Service taugt nichts.

»Hey, cool! Cool!«, rief sie. Sie wedelte mit zwei Karten in der Luft. »Eintrittskarten!« Sie blickte auf die beiden Pappstreifen. »Baltic Sea Fusion and World Music Festival«, rief sie. »Ja so was Cooles!« Hilda stand auf und wackelte mit dem Hintern.

»Wie geht das denn?«, rief sie. »Da flattern Karten ins Haus. Genau das, was ich jetzt brauche: eine kleine wilde Auszeit.«

Ich untersuchte die Karten weiter. An einer klebte jetzt ein winziger Streifen Nutella. Es waren Freikarten des

Veranstalters. Von Ben? Als Entschuldigung? Aber es war nicht seine Schrift. Das Festival war am nächsten Wochenende. Ich konnte mich noch nicht so freuen, mir war die Sache unheimlich. Ich ging meine Bekannten durch, ob sie Weltmusik hörten oder irgendwelche Verbindungen zu Musikern hatten, aber ich kannte eigentlich keine. Klar, Klaus hat mal Klavier gespielt und die Rotary-Typen kriegen überall Karten, aber Klaus wollte immer nur nach Bayreuth.

»Von wem, denkst du, sind die Karten?«, fragte ich Hilda.

»Keine Ahnung«, sagte sie, »ist mir auch ziemlich wurscht. Ich geh noch mal schnell online gucken, wer da spielt, und checke die genauen Daten. Ist das cool! Sommer, Sonne, Musik, das Meer und eine Menge hübscher Knaben.« Hilda hüpfte die Treppe hinauf, als sei die Schwerkraft eine Erfindung von Physikern.

Alberich rannte schwanzwedelnd hin und her. Er merkte, dass dieser Donnerstagmorgen plötzlich anders war als sonst. Maria ermahnte mit weichem polnischem Akzent, wir müssten jetzt los. Ich zog mir den Eyeliner nach und legte die Karte unter meine Schreibtischunterlage, da bemerkte ich, dass auf der Rückseite der Karte etwas mit Bleistift stand: »Samstag, 21 Uhr, Nebenbühne«, stand darauf.

Rudi, 17. September: Baltic Sea klingt besser als Ostsee, ist aber dasselbe.

August hatte Sonderurlaub bekommen. Er geht auf so eine Spezialschule, integriert mit allem. Bei solchen Schulen muss man gute Gründe bringen, und dann geht fast alles.

Peter hatte seinem Vater den Mercedes Sprinter abgequatscht, er müsste Freunden beim Umzug helfen.

Feline hatte Brote geschmiert, Obst geschnipselt und in eine Tupperdose gestapelt. Ich habe lange kein geschnippeltes Obst mehr gegessen.

Kojo hatte absichtlich kein Zelt mitgenommen, er wollte mal schauen, wo er unterkäme. Er lächelte asymmetrisch, den rechten Mundwinkel hochgezogen, der linke blieb unten. Man sieht das öfter im Fernsehen. Der ganze Kojo strotzte vor Selbstbewusstsein. Vor dem Auftritt macht er immer seinen »Victory Man«. Er stellt sich breitbeinig hin, breitet die Arme aus und formt mit Zeige- und Mittelfinger beider Hände zwei Victory-Zeichen. »Das tut gut«, stöhnt er, »das tankt dich voll. Mit Super.« Er hätte das mal von einem Stripper gehört: Alles, aber auch alles ist eine Frage des Selbstbewusstseins.

Während der Fahrt sah ich in den Sommerhimmel und war bester Stimmung. Die Sonne hatte den Bunsenbrenner rausgeholt und der Fahrtwind blies mir in den Ärmel. Kojo hatte den Gig besorgt. Wir waren noch nie auf einem Festival aufgetreten, ich fand das ziemlich tight. *Ich malte mir unseren Auftritt aus: Tausend Leute in bester Feierstimmung hatten sich fest vorgenommen, die Musik gut zu finden, nichts konnte danebengehen. Ich dachte an ein Meer von hochgereckten Armen vor der Bühne, an* stage diving, *große Musik vor großem Publikum und großartigem Panorama. Und mittendrin hoffentlich Freya und ihre göttliche Singleschwester Hilda.*

Waren die Karten angekommen? Ich kaute auf meiner Unterlippe. Vielleicht hat Freyas Hund sie gefressen? Oder ihr Vater hat die Karten für ein Kundengeschenk gehalten und kreuzt hier mit seiner Blondine auf. Selbst wenn die Tickets bei Hilda oder Freya gelandet wären – würden die jeweils ihre Schwester mitnehmen? Vielleicht kam Freya ja mit ihrem Typen und Hilda mit irgendeinem frischen Kandidaten? Wussten Hilda und Freya, von wem das Ganze eingestielt war, oder blieb es schön geheimnisvoll bis zur Auflösung des Rätsels auf der Nebenbühne?

Die Bedingungen jedenfalls waren optimal: Rapsfelder setzten dem Himmel ihr Gelb entgegen und die schnelle Fahrt malte Querstreifen auf das Landschaftsgemälde. Wir fuhren über ein paar letzte Hügel, bevor das Meer auftauchen sollte. Irgendwann müsste sie zu sehen sein, irgendwo dahinten, die Zeltstadt, die kilometerlange Reihung von Dixi-Klos, die Boxentürme der Bühnen, irgendwo da am Horizont.

Im Internet hatten sie sich mit Fotos zurückgehalten, aber wir standen gelistet als Band auf der Nebenbühne. Ich wollte wissen, ob das Festivalgelände direkt am Strand lag. »Nicht direkt«, hatte Kojo geantwortet.

Wir fuhren an Gebrauchtwagen- und Matratzenläden vorbei in ein mecklenburgisches Städtchen hinein. Dann folgten wir den Schildern »Industriegebiet Dünenpark«. Rechts und links säumten flache Industriebauten die Straße. Auf dem Seitenstreifen parkten Lkws. Vor den flachen weißen Gebäuden standen Schilder: »Steudel – Gebäudereinigung«; »Lachs und Partner – Spedition«; »Karl Dolormann – Großschlachterei« und so was.

Bei ein paar Gebäuden konnte man nicht erkennen, was hinter den Mauern getrieben wurde. Eins war von einem Stacheldraht umgeben. »Hier ist aber Sackgasse«, sagte Feline. »Ist trotzdem richtig«, sagte Kojo, »musst nicht immer alles symbolisch nehmen, Felinchen.« Feline machte ein Gesicht wie beim Zitronelutschen. Dann sahen wir den Parkplatz mit Wohnmobilen, kleinen Kisten und lauter solchen Autos, die man auf den Straßen kaum noch sieht: Pick-ups, alte Citroëns, verbeulte japanische Kisten mit geflickten Scheiben und so was. Das gefiel mir: Schluss mit dem ganzen geleckten Latte-macchiato-Gehabe in Hamburg.

Trotzdem schauten wir uns stumm an. Im Industriegebiet: Was hatte Kojo da an Land gezogen? Nur August schaute unbeirrt in den Himmel. Wir hielten am Ende der Sackgasse und Kojo ließ uns raus, die Lage checken. Wir stiefelten erst mal ungeordnet los, an ein paar leeren Betonröhren und an einem Haufen Bauschutt vorbei in ein kleines Wäldchen hinein, mit niedrigen Birken, Beerensträuchern, Fichten und so was. Der Boden war sandig und federte. Hier und da leuchteten Zelte aus dem Unterholz und überall wechselten sich kleine Mulden mit Hügelchen ab. Ein paar Feuer brannten in den Mulden; drum herum lagen Menschen allein oder zu zweit und ein paar Hunde. Ein nacktes Baby kroch da auch herum. Ein Typ wiederholte zur Gitarre einen Refrain: »Total illegal, scheißegal«, konnte ich verstehen. Überall führten Wege in das Wäldchen, an denen Wegweiser befestigt waren, darauf stand »Hauptbühne«, »Kaffee« oder »Klo«.

Hinten im Wald mischten sich Klänge von Techno und einer Jazzgeige. Schwarz war hier die angesagte T-Shirt-Farbe. Grüppchen von Menschen saßen im Unterholz und tranken Bier. Die meisten waren barfuß. Ich zog mir die Schuhe aus. Ein Typ mit Dreadlocks, der auf einem Baumstumpf saß und gegen den Rhythmus mit dem Kopf wackelte, hatte Schaumstoff um die Füße gewickelt und eine Paketschnur um die Knöchel geknotet. Als wir vorbeizogen, fragte er uns, ob wir was zu kiffen hätten. Feline schüttelte den Kopf.

Wir fragten nach dem Veranstalter. Ein Wuschelkopf sagte, wir meinten sicher den Manni, aber der Manni wär schon lange nicht mehr hier, er wär sich gar nicht so sicher, ob der Manni je wirklich hier gearbeitet hätte, vielmehr, und dann fing er an zu flüstern, wär er gar nicht sicher, ob der jemals existiert hätte oder mehr so ein Gerücht wär.

Eine Frau in einem Wickelrock und mit einem Lolli im Mund nuschelte, der Manni würde jetzt auf Gomera leben. Eine Frau mit Schlagringen zeigte erst nach links und beschrieb den Weg ganz genau und dann sagte sie, Scheiße, sie hätte so viele Spiegelneuronen, das wär also jetzt genau falsch rum, wir müssten die Strecke genau in die andere Richtung spiegeln. Dann kicherte sie und ließ sich auf den Boden plumpsen.

Schließlich fanden wir eine tarnnetzbehängte Wellblechhütte, an der ein selbst gemaltes Schild baumelte: »Büro« stand da drauf. Darin saß eine Frau auf dem Schoß eines Mannes und fragte, ob wir Tee wollten. Sie stieg von ihrem Typen, der eine Wollmütze auf dem Kopf trug und sich nicht bewegte. Sie goss uns Tee in eine einzelne große Tasse und fand es geil, dass wir da waren. Wir fanden es auch gut.

»Ihr könnt im Hostel schlafen oder ihr könnt campen«, sagte sie. Auf dem kleinen Tisch hatte sie uns eine Karte des Festivalgeländes ausgelegt.

Kojo wollte nicht ins Hostel, er wollte da sein, wo es auch nachts noch abging, und mal sehen, was sich so entwickelt. Er deutete kurz seinen Victory Man an. Mir war's egal und August fuhr gerade mit dem Finger ein Indianer-Mandala nach, das an der Wand hing. Als nur noch Feline und Peter für die Pension übrig blieben, entschied sich Peter fürs Zelten.

Wir durften mit dem Bus aufs Gelände zur Nebenbühne fahren und checkten die Ausrüstung; die Instrumente kamen in einen Container.

Dorthinten sah man die Haupttribüne aufragen, rotweiße Markierungen wehten im Wind, eine kleine Landschaft aus Zelten in Blau, Grün und Gelb zog sich bis hinten zu den Bäumen und der Geruch, Freunde, machte mich die Augen schließen und ans Freibad denken. »Wo ist denn hier das Meer?«, fragte ich einen Mann, der auf dem Boden lag und versuchte, ohne seinen Körper von der Stelle zu bewegen, an eine Flasche Bier zu kommen. Ich schob ihm das Bier ein bisschen näher hin. »Danke, Kumpel«, sagte er. »Jaja, das Meer, das Meer«, murmelte er, »steig auf den kleinen Hügel dahinten, dann siehst du es.« Er wies mit seiner Bierflasche auf einen kleinen bewaldeten

Hügel. Ich nahm August mit, und tatsächlich, dahinten schimmerte das Meer durch. Na bitte, dachte ich. Wenn alles gut lief, würde ich mit Hilda durch das Wäldchen und zwischen den Häusern hindurch bis zum Meer laufen und bei optimalen Bedingungen zwei Schlafsäcke mitnehmen. Die Schlafsäcke müssten das gleiche Reißverschlussfabrikat haben. August musste mal allein klarkommen.

Ein Ordner mit einer Flasche Beck's in der Hand wies uns einen Zeltplatz zu, ein Stück hinter der Nebenbühne am Rand des kleinen Wäldchens, in das gerade ein Typ mit einer Klopapierrolle verschwand. August fragte mich, warum dieser Platzanweiser an einer Hand nur vier Finger hätte. Ich ging unauffällig zurück zu dem Platzanweiser. Er hatte tatsächlich an der rechten Hand nur vier Finger.

August hatte in einer Plastiktüte noch ein Zelt aus dem Keller mitgebracht, mit Alustangen und schweren Stoffbahnen. Ein Mann in Unterhose, der in einer Hängematte lag und uns beim Aufbau beobachtete, sagte zu August, er würde Altbauten lieben, aber August verstand das nicht.

Feline hatte Sonnencreme mit, August wollte sich aber nicht eincremen lassen. Peter beruhigte ihn: Sein Pullover würde sowieso keine Sonne durchlassen. Feline bot Obst an, August machte die Tupperdose immer wieder auf und zu und hielt dabei die Dose ans Ohr. Er freute sich an dem satten Geräusch, dass die Dose machte, wenn der Verschluss einrastete. Wir hatten viel Zeit und verteilten uns. Peter ging zur Hauptbühne, Kojo in die Teestube, Feline reichte mir ein paar Heringe und ich kloppte sie im Masmoudi-Rhythmus in den Sand. Peter hatte ein Zelt mit, Feline auch, und wir bauten die drei

Zelte im Kreis auf und hatten dann einen kleinen Innenhof. Feline baute sich einen kleinen Vorgarten am Zelt. Feline würde eine gute Mutter werden. Vielleicht wäre sie was für August?

»Was würdest du sagen, wenn Freya zum Festival käme?«

»Sie ist am Wochenende immer unterwegs in der Stadt, mit Freunden, in der Diskothek.«

»Vielleicht fände sie das hier viel aufregender?«

»Ich habe zu keinem darüber gesprochen.«

»Würde es dich freuen, wenn sie käme? August? Würde dich das freuen, wenn Freya hier wäre.«

»Es wäre sehr schön und sehr schrecklich. Aber sie kann nicht kommen, weil sie nicht kann und weil sie es nicht weiß.«

Daraufhin schulterte er seinen Bass und verschwand im Wäldchen zum Spielen. Kurz darauf hörte ich ein paar Basslinien durch das Unterholz schnarren. Passte gut, Kontrabass im Wald. Die Spechte würden sich wundern.

Aus der anderen Richtung hörte ich durch das Unterholz behämmerte Technobeats. Ich ging über ein paar kleine Erdhügelchen dahin und sah ein paar Leute über einen Sandplatz stampfen wie Duracellhasen.

Wir würden etwa um neun Uhr auf der Nebenbühne spielen, nach einer Band namens »Monkey Marriage« und vor einer Band, die »Tango Calypso« hieß. Nie gehört. Aber von uns hatte außerhalb von St. Pauli auch noch nie jemand gehört. Auf der Hauptbühne sah das schon anders aus: Afrika machte diesmal das Rennen, ein bisschen Südamerika, ein paar Russen und Rumänen und eine wildes

Blasorchester aus Moldawien. Die Typen waren schräg drauf, sie saßen unter einem Poster von ihrer Band in einem Haufen Bierdosen und prosteten sich zu.

August kriegte das mit seinem Zelt nicht gebacken, Feline half ihm. Sie sagte ihm, er soll bei dem Wetter doch mal seinen Pullover ausziehen. August hielt inne, sah kurz in den Himmel und schaute dann an seinem Pullover hinunter. Ich kniete in meinem Zelteingang. Dann zog August seinen Pullover aus. Feline zwinkerte mir zu, das kannte ich nicht von ihr. Es stand ihr. Dann gingen wir zur Nebenbühne. Die Band, die sich dort abmühte, hieß »Elektronische Fensterheber« und spielte auch so. Ob wir die bestellt hätten, fragte ein Typ, der in seinen Springerstiefeln neben uns stand.

Als sie fertig waren, kamen ein paar französische Chansons mit Elektroeinlage. Das gefiel mir ganz gut und Feline wippte mit den Füßen. Sie hatte Ringelsocken an. Der Typ mit den Springerstiefeln verließ den Platz und trat heftig gegen einen Baum. Danach konnten wir schon aufbauen, während Mucke aus der Konserve kam und ein paar Leute tanzten. Der Tonmeister hatte keine Ahnung, aber Peter tauchte auf und machte das meiste.

Die Leute hier waren anders als unser übliches Publikum. Keiner hier hatte auf uns gewartet. Ich hatte mir eher so ein bisschen Ferienkommunismus und friedliches Anfassen vorgestellt.

Während Feline auf dem Keybord herumklimperte und Peter die Trompete warm blies, streunte ich ein wenig herum. Ich musste August einfangen und ich wollte nach den beiden Blankeneser Mädels Ausschau halten. Rechts und links wurden Grills entzündet und Würstchenpackungen mit dem Taschenmesser aufgeschlitzt.

Ich ging in den Wald, wo August mit dem Bass verschwunden war, und schaltete Ohren und Augen auf Empfang. Die Sonne hatte ein paar Wolken im Kreis versammelt und bereitete sich schon auf einen tollen Abgang vor. Ich rief, die Hände wie einen Trichter an den Mund gehalten, nach August. Ich hätte besser auf ihn aufpassen sollen. Wegen zu viel Stress hatten Peter und Kojo öfter schon überlegt, August rauszuwerfen. »Sozialstress macht Bauchfett«, hatte Kojo gesagt. Das könnte er sich als Leadsänger nicht leisten. Zweimal hatten wir mit anderen Bassisten probegespielt. Beide Male stand August im Publikum wie ein verlassener Hund. Aber keiner der Subs hatte so einen Sound, hatte diese wilde Aura. Keiner war wie August. Ich irrte im Wald herum und rief nach ihm.

»Hier ist er«, hörte ich es plötzlich über mir. Mein Blick glitt am Stamm einer Buche nach oben. Dort saß August auf einem Ast; unter dem Baum lag sein Bass in der Hülle. Seinen Pullover hatte er wieder an.

»Es geht los«, sagte er und sprang vom Baum. Er landete gekonnt auf dem Moos, so als würde er jeden Tag von Bäumen springen. Wortlos schulterte er seinen Bass. Als wir auf die Bühne stiegen, sagte August plötzlich, er glaubte, er hätte zwei Frauen vom TC Blankenese gesehen. Mir flog beinahe eine Fliege in den Mund, aber wir mussten loslegen. Immer wieder schielte ich ins Publikum, ich wollte mich ins Zeug legen. Ich kannte Hilda ja kaum, aber sie war sicher eine süße verluderte Schnitte und eine Doppel-

hochzeit mit August und Freya wäre was für die persönlichen Annalen.

Wir legten los mit »Du bist besser als Sex«, eine Art Punk-Rumba, bei dem sich Kojo ziemlich ins Zeug legen kann, und spielten dann »My Funny Columbine«, mehr so Ballade mit kritischem Text und einem langen Trompetensolo. Kann man gut drauf Feuerzeuge schwenken. Die Ersten fingen an, ein bisschen im Rumpf zu kreisen. Dann kam ein Song von Feline: »Black Bach«, Soul auf Bach'schen Harmonien, für meinen Geschmack ein bisschen überladen und akademisch, aber dann folgte »Going in, Going out«, ein Bossa von Peter und Kojo, wen wundert's.

Das Publikum war entflammt, mir schwoll die Brust und ich haute wie besessen auf meine Vierzehner-Tom. Als ich mich gerade von einer ekstatischen Verrenkung in die nächste katapultierte, hörte ich den Bass nicht mehr. Ich weiß nicht, ob ihr Musik macht – wenn nicht: Die Rhythmusgruppe, also Bass und Schlagzeug, beachtet keiner, solange sie da sind. Aber wenn einer von der Rhythmusgruppe raus ist, merken es alle, selbst das kleinste musikalische Hasenhirn. Und dann drehte ich mich zu August um und sah, dass August sich wie in Trance an mir vorbei zum Seitenaufgang der Bühne schlich, und ich schwenkte die linke Hand mit dem Stick und rief »Hey, August« im Rhythmus, und das Publikum rief »Hey, August« und winkte mir im Rhythmus zu. Ich hielt ihn mit den Füßen und mit dem rechten Stick und der Song ging weiter und ich musste August gehen lassen, und der glitt zwischen die Leute, ich konnte ihn nicht richtig ausma-

chen, weil es inzwischen dunkel war und die Scheinwerfer mich blendeten; dahinten tauchte er ab ins Publikum, er ragte ein wenig heraus aus der Menge, die Leute wichen zurück, als sei der Heiland vom Kreuz gestiegen, und August steuerte auf einen Punkt zu, auf eine Person, und ich wusste Bescheid und die Wut verging und ich spielte weiter; den Song noch und dann würden wir eine Pause machen, cool bleiben, alles nicht so schlimm, alles aus Liebe, alles okay.

Freya, 9. August: »Kann man sich in einen Mathelehrer verlieben?«

Herr Wenger, unser Mathelehrer, erwischte mich mal wieder im falschen Moment. Er fragte, wo ich denn mit meinen Gedanken wäre, und ich sagte ihm wahrheitsgemäß: beim Mathenachhilfelehrer meiner Schwester, was die Klasse zum Aufkochen brachte.

August, 11. August. 17. Schreibaufgabe von Rudi. Thema: »Warum das Festival ein Fest war«

Da, da! Genau, da, Südsüdwest, da steht die Mondsteinfrau. Auf dem linken Bein mehr als auf dem rechten, den rechten Arm 75 Grad abgewinkelt, die Hand in der Taille. Steht da noch ein Mann neben ihr? Einer, der ein Tattoo auf dem Po tragen würde. Sieht nicht so aus. Aber ich bin nicht sicher, Gesichter sagen mir wenig und die Scheinwerfer zielen auf mein Gesicht. Sie möchten verhindern, dass ich sie sehe. Aber Freya erkenne ich an der Haltung und an Dingen, für die ich noch Vokabeln lernen muss.

Ich habe für den Auftritt mit der Band geprobt, aber ich habe innen drin noch mehr geprobt für die Begegnung mit Freya, Blankenese. Folgerichtig werde ich jetzt den Bass kurz verlassen und ihr Guten Tag sagen, denn ich soll ja professionell sein, alles andere wäre fehlerhaft, nachher ist sie im Gebüsch verschwunden und ich komme wieder zu spät. Herr Gelinder hat das gesagt, er hat gesagt, ich soll handlungsfähig werden.

Ich weiß nicht gut, wie Leute reagieren, aber vielleicht wird Feline entrüstet sein, wenn ich die Bühne verlasse. Sie müsste den Bass mit der linken Hand doppeln, sie ist eine gute Pianistin, aber sie hält sich streng an die Noten und an Verordnungen im Allgemeinen. Eine Verordnung über das Verlassen der Bühne ist mir nicht bekannt.

Achtung, Herr Gelinder, ich werde jetzt handlungsfähig. Ich denke voraus, ich gehe aus mir heraus, also von der Bühne, Achtung, CUT. Nichts überhasten, einfach Bass kurz auf die Seite legen, kennt er ja, der Bass; der Seitenaufgang, 6 kleine Treppchen, werden ja trotz Aufregung hinabzusteigen sein, rechts und links im Wechsel, man muss ja Guten Tag sagen, dahinten muss sie sein, Rudi hat es als Erster gemerkt, wie immer. Manche können jetzt einfach zurückzwinkern, das habe ich bei Kojo gesehen, wenn er was Überraschendes tut.

Ich teile die Menge, hinter mir schließt sich die Schneise wieder. Dahinten muss sie doch sein, bitte lass sie da sein, ich habe keinen Überblick mehr. Einer klopft mir auf die

Schulter, einer sagt, zur Bühne geht es rückwärts, einer fragt, ob alles okay ist. Ich sage, ich muss Guten Tag sagen, Guten Tag, hier irgendwo muss sie stehen, hat sie mich gesehen? Jetzt reimt sich alles, mein Herz schlägt von innen an die Brustwand, möchte mal raus, da steht sie und Hilda, ich stehe ihr im Weg, sie hat mich kommen sehen, sie hat es kommen sehen, ich sage, was soll ich sagen? Ich stehe ihr gegenüber und konzentriere mich auf ihre Schuhe: »Guten Tag. Das freut mich, dass du da bist. Ich muss wieder auf die Bühne. Ich komme nachher wieder. Bitte nicht weggehen.«

Zu Hilda sage ich auch etwas, irgendwas über einen fehlenden Tunnel hierher. Dann kehre ich um, wie ich gekommen bin, ich weiß nicht, wie sie geguckt hat, ich wate durch die Menge. Wie ihre Schuhe aussehen, habe ich vergessen. Rudi hat eine Pause angesagt, ich quetsche mich durch das Publikum, halte meine Handflächen vor wie ein Schwimmer, der das Meer kurz teilt, um hindurchzukommen. Ich bin gleich zurück am Seitenaufgang, der Bass ist noch warm. Freya darf nicht weggehen. Wir spielen »Hip Hop Leaves Pop and Joins the Team«.

Freya, 12. August: »Mir klar werden«

Jetzt ist mir einiges klar: August ist Herr Stork, Herr Stork ist August. Wie verdreht ist das denn! Dann muss er mich mit Ben im Bett gesehen haben. Er ist Bassist in dieser Band. Er macht Musik mit diesem Rudi. Mir gefällt die Musik, außerdem mag ich Männer, die Musik machen.

Und er ist von der Bühne gestiegen, um mich zu begrüßen. Bis dahin war alles ein Märchen, jetzt ist es erst recht eins.

Nach seinem Ausflug zu mir haben sie noch ein paar Songs gespielt, rechts und links kam es gut an. Hilda mochte es auch. Die Leute haben mich angelächelt, wegen dem Bassisten. Hilda rief mir zu, wie ich Rudi fände. Als Schlagzeuger klasse, rief ich. Ansonsten würde ich ihn noch genauer unter die Lupe nehmen. Wie sie August fände, traute ich mich nicht zu fragen, und eigentlich fand ich das feige.

August stand ein bisschen abseits von der Band auf der Bühne, als bräuchte er Abstand zu den anderen. Sein Oberkörper war der Bühnenseite zugewandt. Er umarmte den Bass von hinten und bewegte den Oberkörper am Hals des Basses herauf und herunter, dabei hielt er die Augen geschlossen. Die Noten auf dem Pult beachtete er nicht. Seine linke Hand huschte über den Hals des Instruments wie eine große Spinne, jeder Griff schien exakt zu sein und unverrückbar, es gab keine Korrekturen mehr. Wie die Hand um ein Schwert. Manchmal strich er den Bass, dann ließ er den Bogen wieder in einem Köcher am Bass verschwinden und riss mit den Fingern die Saiten an, manchmal schienen die Finger nur abzutropfen. Er wirkte entrückt, fern von dieser Welt. Am Ende des Stückes öffnete er die Augen und blinzelte ungläubig auf der Bühne herum. Das Publikum johlte. Dann kam ein langsameres Stück und August hatte ein Solo. Seine rechte Hand schob den Bogen zärtlich über die Saiten, die Hand federte nach, der Bass sang sein Solo. Die Pianistin unterlegte ein paar vereinzelte Akkorde, alles war still um uns. »Hey, Süße«,

Hilda legte ihre Hand auf meine Schulter, »du hast ja Pipi in den Augen.«

August, 13. August: 18. Schreibaufgabe von Rudi. Thema: »Wie ich Freya freite«

Also. Fertig mit Musik. Da steht Frau Freya. Herr Gelinder hat gesagt, ich soll in der Lage sein, die Augenfarbe meines Gegenübers zu benennen. Ich soll es kognitiv angehen, das sei meine Stärke. Das habe ich nicht begriffen. Ich soll es bewusst wagen, die Augen zu beschreiben, sagte er. Ich soll aber nicht *Blau* sagen oder *Braun,* sondern *was* für ein Blau und *was* für ein Braun und mit welchen Sprengseln und ob die Pupillen groß sind oder klein, das könnte ich nämlich gut.

Ich atme ein und aus. Sie hat Augen, tarngrün, wie ein Tarnnetz der amerikanischen Armee, mit schwarzen Sprengseln. Die Pupillen machen fast zwei Drittel der Irisfläche aus. Die Wimpern sind hell. Das war meine Expedition ins Augenreich. Sie hat nichts gesagt. Sie hat nur dagestanden und mit den Armen geschlenkert, weil der Rumpf leicht rotiert hat (Zentrifugalkraft: $F = mrw^2$).

Wir stehen uns gegenüber wie beim Boxen, nur freundlicher, und keiner macht was. Sie hat die Mundwinkel ein bisschen nach oben bewegt. Muss ich jetzt was tun? Vielleicht sollte ich Rudi fragen. Vielleicht aber auch nicht. Vielleicht kann er jetzt gar nicht. Patt. Das ist eine Grenze, an der ich noch nicht war. Eine Berechnungsgrenze. Man müsste mit Wahrscheinlichkeiten weiterarbeiten.

Da sagt sie »komm« und streckt mir ihre Hand hin. Was macht man da denn jetzt? Legt man seine Hand hinein? Ich lehne aber Berührungen ab und mache da Abwehrbewegungen, wie gegen Wespen. Oder ich zeige stattdessen nach vorn.

»Zum Meer«, sage ich und zeige geradeaus, dann brauche ich auch meine Hand nicht in die ihre zu legen. Ihre Hand hat sie noch einen Moment zwischen uns in der Luft gehalten.

Wir gehen durch die Hügel und in den Wald, der an das Meer grenzt. Im Wald kenne ich schon einen Baum, auf dem man gut sitzen kann. Damit ist nicht alles so unbekannt. Ich zeige Freya den Baum und hangele mich auf den Ast, sie steht unten und fragt, was mit ihr ist, sie kommt da ohne Hilfe nicht rauf. Ich springe vom Baum und sie sagt, ich soll Räuberleiter machen, »so«, sagt sie und macht mir vor, wie man aus den Händen einen Steigbügel formt. Das ist ja keine Haut-zu-Haut-Berührung und es fällt mir daher nicht schwer, aber sie hält sich an meinem Hals fest, und weil ich einatmen muss, atme ich Freya ein und es riecht etwas nach Kirsche, nicht nach Kunstkirsche im Joghurt, sondern ganz leicht nach echter, aufgeplatzter Süßkirsche nach einem Sommerregen, der osmotisch die Kirsche sprengt, die ich gerne esse. Ich könnte ihr das sagen, aber ich weiß nicht um die Wirkung von Worten. Freya hat sich auf den Ast gestemmt und ich tue das auch und wir sitzen auf dem Ast, der, wie sie sagt, ein idealer Ast wäre, um eine Schaukel daran zu befestigen. Sie sitzt beim Stamm und ich etwas weiter außen. Das ist keine gute Verteilung vom Gewicht her, aber mir ist das recht, ich rücke noch ein wenig nach außen.

Und als wir da unausweichlich sitzen, fragt sie, ob ich Angst vor Berührungen hätte, also ganz normalen Berührungen. Ich sage, sie wären mir in der Regel unangenehm. Und sie fragt, ob mir klar wäre, was ich da verpassen würde, und wie ich das sagen könnte, wenn ich so wenig Erfahrung hätte. Dann ist Stille zwischen uns. Ich habe nichts gegen Stille, sie ist nach Musik das Zweitbeste.

Es ist windig und am Horizont treibt der Wind die Wolken an. Die Sonne ist fast verschwunden. Freya sagt, die Wolken sind heute wilde Pferde im Rennen um die Welt. Aber der Sonnenwagen lässt sich nicht aus der Ruhe bringen und fährt seine alte Ost-West-Route noch zu Ende, das macht er schließlich seit Tausenden von Jahren.

Ich erwidere, die Wolken sind um Kondensationskerne gebildete Wassertropfen in einer übersättigten Luft. Und die Sonne ist ein Stern aus Wasserstoff und Helium.

»Sag ich doch«, sagt Freya und lacht.

Ich weiß nicht recht, was ich jetzt denken soll. Ob ich denn auch wüsste, dass die Sonnenflecken einen Zyklus haben und dass eine Gesamtperiode 22 Jahre dauert, fragt mich Freya. Sie hält den Kopf nach rechts geneigt und lächelt mich, glaube ich, an. »Nein«, sage ich. Das sei aber sehr interessant.

»Na wenigstens gibst du es zu«, sagt Freya. Sie hätte Männer, die so tun, als wüssten sie alles, nämlich jetzt schon satt, obwohl sie ja noch fast ein ganzes Leben vor sich hätte. Ihr Vater sei so einer. Angeblich können diese

Männer ein Auto reparieren, den Sternenhimmel deuten und einen Regisseur an der Inszenierung erkennen. Was ich denn alles *nicht* könnte, fragt Freya.

»Ich kann den übertragenen Sinn schlecht erfassen. Meine Gefühle sind oft durcheinander und ich kann sie schlecht in Worte fassen und an den richtigen Stellen zeigen oder verstecken. Bei mir ist oft die Nebensache die Hauptsache. Ich kann auch den Menschen schlecht in die Augen sehen.«

»Das kann man üben«, sagt Freya, »sollen wir das üben?«

»Hier oben auf dem Baum?«

»Ja, das ist ein guter Platz zum Üben. Wenn es dir zu viel wird, springst du runter. In Ordnung?«

Mir war nicht gut. Ich wollte aber oben bleiben.

»Also«, sagt Freya, »du schaust immer etwa 5 Sekunden auf die Stelle, die ich dir sage. Das ist die erste Runde. Es geht los: Schau auf den Ast über uns.«

Ich schaue nach oben auf den Ast. Er ist circa 1,20 m lang mit 2 Achsabweichungen im Winkel von 160 Grad. Er läuft konisch zu und gabelt sich am Ende 3-fach.

»Sieht aus wie ein Hexenarm, nicht wahr? Jetzt Wechsel: Schau deinen rechten Schuh an.«

Turnschuh, braun, Kunststoff und Leinen, 2 Streifen auf beiden Seiten, je 6 Löcher zur Schnürung auf beiden Seiten.

»Wechsel«, ruft Freya, »jetzt schau auf meinen linken Schuh.«

Ich muss schlucken. Das ist ein kleiner, schmaler Schuh, oben schaut etwas vom Fuß heraus, das ist der Rist. Ich muss kurz an den ganzen Fuß denken, der darin steckt. Ich habe einen Druck auf der Brust.

»Wechsel«, sagt Freya. Ich weiß die Farbe nicht richtig von ihrem Schuh, ich schaue noch einmal hin, es ist ein dunkles Grün und die Sohle ist heller. Sie hat keine Socken an, jedenfalls nicht links. Ihre Knöchel scheinen zu leuchten in der Dunkelheit, was natürlich nicht sein kann.

»Schau auf meine linke Schulter«, sagt sie.

Ein T-Shirt, schwarz, ist oben über der Schulter. Ich schaue auf die Nähte. Das T-Shirt hat ganz kurze Ärmel. Dann kommt der Arm, hell, mit einer Ader, die ich sehen kann. Wo hört eine Schulter auf? Wo fängt ein Arm an? Wo ein Hals? Schwierige Region.

»Wechsel«, sagt Freya.

Schon Wechsel?

»Mein Mund.«

»Also«, fange ich an.

»Mund«, wiederholt Freya.

Mund. Da ist der Mund. Rot wie Münder sonst auch. Nicht kirschrot, eher korallenrot. Ist da denn Lippenstift drauf? Woran erkennt man das? Die Haut hat kleine Fältchen. Ein Craquelé. Der Mund macht feine Bögen. Er ist zuoberst gekerbt, für die Symmetrie. Der Abstand von der Mundmitte, also von dem schmalen schwarzen Querstrich zwischen den Lippen, zur Nase und zur Kinnspitze ist fast gleich lang. Der Mund bewegt sich, einmal kann ich 6 Zähne oben zählen. Da sind noch mehr drin. Jetzt sind doch 5 Sekunden um, oder? Auch die Lippen gehen innen weiter. Im Mund ist es dunkel. Der Mund ist mir fremder als der Mond.

»Wechsel«, sagt Freya.

Da raschelt es im Laub. Unten kann man ein Pärchen erkennen, Hand in Hand, der Mann zieht die Frau mit sich, sie sehen sich um. Er lächelt sie an, er lehnt sich mit dem Rücken an einen Baum, zieht sie an sich und küsst sie.

Freya legt sich den Zeigefinger längs über den Mund. Die Frau küsst den Mann auf den Hals. Dass man auch den Hals küsst. Sie ist kleiner als er, das wird es sein. Er legt den Kopf nach hinten, er schaut nach oben, entdeckt uns und erschrickt.

»Hey«, ruft er, »hab ich mich erschreckt, Mann!«

Ich kann erkennen, dass er eine weite grüne Hose anhat. Diese Hose kommt mir bekannt vor.

»Hi«, sagt Freya zu den beiden auf dem Boden.

Ich möchte auch freundlich sein und was sagen zu dem Mann. Ich sage, dass ich früher genau die gleiche Schlafanzughose hatte. Der Mann sagt, ich wär ein »Arsch«, zieht wieder am Arm seiner Frau. Sie gehen, wie sie gekommen sind. Sie verschwinden Hand in Hand in der Dämmerung, aber der Mann stampft mit den Füßen fester auf, das merke ich und die Tiere des Waldes werden es merken. Ich spreche zu Freya über die Möglichkeit, dass meine alte Schlafanzughose aus dem Altkleidercontainer über mehrere Träger an diesen Mann gekommen sein könnte, zum Beispiel über Afrika oder Osteuropa, und dass mich diese Vorstellung fasziniert.

Freya fragt mich nach meinen jetzigen Schlafanzügen und ich sage, dass ich Frottee mag. Sie sagt, das würden nur wenige Jungen zugeben. Sie mag auch Frottee. Und weil ich wieder höflich sein will, frage ich sie nach ihren

Schlafanzügen. Da sagt sie, dass sie nackt schläft. Ohne was an. Das stelle ich mir ganz kurz vor in diesem Moment. Mein Penis erigiert. Ich würde ganz gern mit Rudi darüber reden. Vielleicht sogar mit Herrn Gelinder.

Gegenüber im Baum flötet ein Vogel.

Sie möchte das Spiel weiterspielen, sagt Freya. Ob ich ihr jetzt in die Augen sehen würde, letzter Wechsel. Aber mindestens 10 Sekunden lang. Das hatte ich ja schon mal kurz geübt. Die Dämmerung macht es mir leichter. Ich stelle mir vor, dass ich in ein Schaufenster sehe. Zwanzig Sekunden sind 20 Sekunden, sind 0,333 Minuten, sind 0,00555 Stunden, sind 0,0002314 Tage. Ob das Spiel noch weitergeht, frage ich dann.

»Vielleicht«, sagt Freya.

Hat sie mir angesehen, dass ich rechne?

»Komm«, sagt sie und springt vom Ast.

Rudi, 17. September: Festival, mittendrin

August war zurückgekommen nach seinem Ausflug zu Freya, das war ja schon was. Nur keine große Geschichte draus machen. Ich könnte August manchmal wirklich in den Arsch treten. Andererseits habe ich gleich wieder Angst um ihn. Und letztlich: Ziemlich stark von ihm, wie in Trance auf die Geliebte zuzugehen, egal, was man gerade macht, egal, ob man gerade auf der Bühne steht oder im mündlichen Abitur. Oder ob man bei der Führerscheinprüfung anhält und aussteigt. Hätte eigentlich von mir sein können. Von mir sein müssen.

Je länger man in einer Band spielt, desto cooler wird man, was Pannen betrifft. Einfach drüberbügeln, gerade mit dem Schlagzeug kann man alles plattmachen. Krampf macht's nur noch schlimmer. Die Wahrnehmung der Leute da unten ist eh eine ganz andere. Ich versuche, dahin zu schauen, wo August war – ist da auch Hilda? Ich winke mal auf Verdacht mit dem Stick in die Richtung.

Freya, 14. August: »Rudi und August sind eine Boyband.«

Ich war nie eins von diesen Mädels, die sich vor einer Bühne mit einer Boyband die Unterlippe wund beißen und sich die Seele aus dem Hals brüllen. Bis vorhin. Natürlich habe ich nicht wirklich geschrien, aber ich war ein bisschen verwandelt, mit glasigem Blick. Hilda hat so gedrängt, dass wir auf dieses Festival gehen, sie fand es irre spannend, wer uns dazu eingeladen hatte. Und ich bin einfach hinterhergedackelt.

Ben habe ich erzählt, Hilda hätte einen neuen Schwarm, allerdings ein unerreichbarer Musiker in einer Band, aber sie bräuchte Begleitung zu dem Konzert und Beratung, Beistand und Trost. »Kein Problem«, hat er gesagt.

Klaus hatte uns bereitwillig das Cabrio geliehen, er hatte irgendwas vor; zwei-, dreimal hatte er in den letzten Tagen herumtelefoniert. Er hatte seine Stimme am Telefon wieder so tief nach unten geregelt. Am anderen Ende war anscheinend nicht Babsi. Fast hätte sie mir leidgetan.

Manchmal bleibt er über Nacht weg. Keine Ahnung, wo er dann ist.

Einmal hab ich ihn gefragt, wo er gewesen war, und er murmelte was von langer Arbeit und dann sei er bei einem Freund geblieben. Ich habe nicht lockergelassen. Wer der Freund ist, habe ich gefragt. Er: »Kennst du nicht.« Ich: »Sag wenigstens den Namen, wenn er einen hat.« Und dann hat er einen ganz seltsamen Namen gesagt: »Mimir«, oder so.

Ein bisschen unheimlich war mir jetzt, wo ich da stand, vor der Bühne, und da vorn stand August. August vom Strand, von der Veddel. August, der so süß und so linkisch war. Sodass ich ihn auf ganz fremdartige Weise lieb gewonnen hatte, an nur einem Abend, am Feuer.

Er stand da oben hinter seinem Bass und spielte völlig selbstvergessen, er verging fast in der Musik, das sah jeder, er war losgelöst. Da war nicht das kleinste bisschen von einer Pose. Er schaute nach unten, über seinen Bass gebeugt. Zärtlich schmiegte er sich mit der Wange links an das Griffbrett, wenn er den Bass strich, dann wieder riss und schlug er mit der Hand die Saiten und seine Hände waren wie Hämmer.

Ich sah zu Hilda. Die zog die Augenbrauen hoch und schaute mit schief gelegtem Kopf und anerkennend heruntergezogenen Mundwinkeln zu mir, als wollte sie sagen: »Meine Güte, wozu Behinderte in der Lage sind.«

Dann starrte sie auf Rudi. »Ich fass es nicht«, hatte sie zu Anfang gesagt, als wir zur Bühne gekommen waren und die beiden entdeckt hatten, »ich fass es nicht; mein Nachhilfelehrer und sein Freund und Kümmerer!«

Später sind August und ich auf einen Ast im Wald gestiegen. Wir haben nicht viel geredet und da habe ich das »Schau-mir-in-die-Augen-Spiel« vorgeschlagen. Ich hatte kein gutes Gefühl dabei, weil ich das Spiel so ähnlich schon mal mit Ben gespielt hatte, am Anfang unserer Zeit. Ben hatte sagen dürfen, wo wir hingucken sollten, und er hatte, glaube ich, mit Bauchnabel angefangen. Dann haben Ben und ich uns bald geküsst.

Damals saßen wir im Keller von Bens Eltern und es lagen alte Matratzen herum und es roch nach nasser Zeitung und altem Kleiderschrank. Jetzt, mit August, war es auf einem Baum, mit Blick auf das Meer. Als er mich dann wirklich angesehen, mir in die Augen gesehen hat, war es, wie wenn man ein seltenes Tier zu Gesicht bekommt. Man muss ganz stillhalten. Man will es nicht verscheuchen.

Ich wollte dann aber schnell wieder runter von dem Baum, ich brauchte ein bisschen Luft, ich hatte ein bisschen Angst vor dem Tier in August und vor dem Tier in mir, ich sehnte mich nach Hilda, und das will was heißen. Wir sind dann am Waldrand spazieren gegangen, man hörte das Meer rauschen und ich hatte große Lust zu schwimmen, aber bei FKK und August hatte ich Bedenken, er ist schüchtern. Ich wollte auch, dass er mir was erzählt von sich, aber er hat immer wieder Fragen gestellt, was ich gern esse, welche Tiere ich mag und welche Formeln und welche Wörter. Ich war das gar nicht gewohnt, so viel über mich zu reden, aber es hat gutgetan, dass da einer zuhört. Dass einer zuhört, dass August zuhört, merkte ich am Kontrast. Zu Klaus. Und zu Ben.

Später saßen wir wieder auf dem Ast; der Himmel war dunkelrot, wie man es gern hat in einem solchen Moment.

Auf dem Ast fragte August, ob ich etwas Hunger hätte. Ich sagte irgendwas Kurzes, Freundliches, weiß nicht mehr, ich wollte einfach nur, dass er weitermachte, auf seine Art.

Er griff in seine Tasche wie ein Magier und holte zwei braune Eier heraus, er hielt jedes zwischen Daumen und Zeigefinger, er hielt sich gar nicht mehr am Ast fest. Welches ich wollte, fragte er. Ich schaute genau hin, ich dachte, es wäre irgendein Trick, ich nahm das etwas kleinere. Er sagte, ich soll den Code an der Unterseite lesen, den Hühnercode. Ich sah einen Stempel unter dem Ei.

»3-IT-4005801«, las ich.

»Aha«, sagte er.

Ich musste lachen.

Dann sagt er: »Ich habe 0-DE-0330222.«

»Und jetzt?«, fragte ich

»Jetzt kann man es essen«, antwortete er.

Ich klopfte die Spitze gegen den Ast und begann, das Ei zu schälen.

»Initiale null heißt vier Quadratmeter Auslauffläche für jedes Huhn, drei heißt Kleingruppenhaltung, null Komma acht Quadratmeter. Du hast ein italienisches Ei aus der Nähe von Venedig. Meines kommt aus Niedersachsen. Wir können jetzt versuchen, das zu schmecken.«

Ich biss von meinem Ei die obere Hälfte ab. Er machte das auch so. Er kaute langsam, ich sah, wie sein mächtiger Kehlkopf zum Schlucken ausholte. Ich fragte ihn, ob wir jetzt tauschen wollten, er nickte und schluckte noch einmal. Man müsste aber den ersten Geschmack loswerden, sagte er. Bevor man das Vergleichs-Ei kostet. Er griff wieder in seine Jackentasche. Erst jetzt bemerkte ich, dass seine Jackentasche ausgebeult war von lauter Dingen. Wahrscheinlich waren es Dinge, die man nur schwer erraten konnte. Jetzt zog er eine Tube hervor, eine Tube Tomatenmark.

»Das«, sagte er, »mag ich am liebsten.«

Er schraubte mit seinen mächtigen Fingern den kleinen Deckel von der Tube und drückte sich eine kleine Säule rotes Mark auf den linken Mittelfinger, dann lutschte er den Finger geräuschlos ab. Er hielt die Tube in die Höhe. Ich hielt meinen linken Mittelfinger hin, er drückte mir auch eine kleine Tomatenwurst auf die Haut. Wie Zahnpasta, dachte ich.

»Nicht den Geschmacksabdruck von dem Ei vergessen«, sagte er.

Ich leckte meinen Finger ab. Der Geschmack war würzig und herb. Ich mochte das.

»Es gibt nichts, was vergleichbar schmeckt«, sagte August.

Dann tauschten wir die Eier. Er sagte, er tauscht Essen nur in Ausnahmefällen. Ich schmeckte keinen Unterschied zwischen dem ersten und dem zweiten Ei.

Er sagte, sein erstes Ei hätte nach Eiweiß und Schwefel geschmeckt, stumpf, nach Korn, es füllt den Mund. Das zweite Ei schmeckt nach Bindfaden, nach altem Fisch, grau, mehlig. Ich glaubte ihm kein Wort.

»Das nächste Mal«, sagte ich, »machen wir einen verblindeten Versuch.«

»Ja«, sagte August, »das nächste Mal, das ist gut, das nächste Mal.«

Dann war eine Pause. Er hielt mir noch einmal die Tube Tomatenmark hin und ich ließ mir einen kleinen roten Hügel auf der Mittelfingerspitze errichten. Ich leckte es ab. Dann nahm ich die Tube und drückte mir etwas Mark auf den kleinen Finger. Es war schon dunkel, aber warm. So ein Sommerabend, wie es sie hier ganz selten gibt. Wir träumen immer davon, bis wir glauben, es gibt sie oft.

Ich hielt ihm meinen kleinen Finger vor den Mund. Mein kleiner Finger schwebte vor seinem Mund. August starrte meinen Finger an. Er streckte seine Zunge nach meinem Finger hin. Ganz vorsichtig steckte er die Zungenspitze in das Mark. Er leckte von dem Tomatenmark, von meinem Finger.

Dann war wieder Pause. Er hatte meinen Finger nicht in den Mund genommen. Aber er hatte ein bisschen geleckt. Ich hatte die Tube noch. Ich nahm seine rechte Hand, schmierte drei Zentimeter rotes Mark auf seinen kleinen Finger und steckte seinen Finger in den Mund. Ich saugte, ich war ein Baby. Dann schaute ich ihn an, er rutschte vom Ast, rutschte nach unten und fiel ins Dunkel, ich hörte ihn kaum aufkommen, es war ein weicher Waldboden, Moos und so. So 'n Mist, dabei hätte ich ihm am liebsten noch ein Tomatenmarkherzchen in die Handfläche geschmiert. Würde er jetzt davonlaufen?

August, 15. August: Eigene Schreibaufgabe. Thema: »Eier können auf Bäumen gegessen werden, wenn es darauf ankommt.«

Wenn der Körper kommt, muss ich manchmal weglaufen. Er überschwemmt meinen Geist, er ist ein Wolf gegen ein Hühnchen. Es ist lange her, dass ich an meinen eigenen Fingern gelutscht habe, Mutter Stork erzählte davon. An fremden Fingern aber habe ich noch nie gelutscht. Warum sollte man das tun? Beinahe hätte ich es getan. An einem Finger mit Tomatenmark. Ich rutsche aber lieber ins Dunkel, lasse mich fallen. Ich verirre mich im Wald. Nach den Ohren muss ich mich richten, dann kann ich das Meer hören auf der einen Seite und die Menschen auf der anderen. Ein Rauschen vom Wasser und ein Rauschen vom Reden.

Hier sind dürre Birkenstämme, schwarz-weiß, Schachbäume. Ich gehe da lang, bis ich wieder am Zeltplatz und bei Freya bin. Das ist unsere kleine Zeltstadt: 3 Zelte, ein Dreier, ein Zweier und das kleine Einerzelt von Feline. Ein kleines Feuer züngelt in der Mitte in den Farben Gelb, Orange, Rot und Blau, Rudi hält eine aufgespießte Wurst über das Feuer, Peter öffnet ein Bier und Feline ist in eine Decke gehüllt und umfasst mit beiden Händen eine Teetasse. Kojo liegt auf der Seite neben einer Frau und sieht ihr die ganze Zeit in die Augen. Zwischen die beiden passt noch eine Handkante. Die Frau hat einen Ring in der Nase. Aber Kojo schaut ihr trotzdem immer in die Augen.

»Hallo, August. Glotz nicht so rüber zu Kojo, du störst ihn bei der Arbeit«, zischt Rudi, ohne zu mir aufzusehen. »Hilda und Freya suchen nach dir. Hör mal, ich will, dass

Hilda heute Nacht hierbleibt. Verstehst du? Ich brauche eins von den Zelten, okay?«

Er gibt mir nichts von seiner Wurst ab. Hilda und Freya kommen, Freya setzt sich rechts neben mich, Hilda links. Meine Mutter hat eine Stereoanlage, die in der Mitte steht, und eine Box steht rechts und eine Box steht links.

Rudi bietet Hilda etwas von der Wurst an. Er will, dass sie bei ihm bleibt, und macht das mit Wurst. Wie bei einem Hund. Eben bin ich von Freya weggesprungen ins Dunkel, jetzt möchte ich Freya etwas mitteilen, aber ich habe keine Wurst.

»Ich bin in dein Zimmer gekommen, als du mit deinem Freund Sex hattest. Ich hatte mich in der Tür geirrt, Entschuldigung.«

Rudis Wurst fällt in den Dreck.

»Ist nicht so schlimm«, sagt Freya.

Hilda hält sich die Hand vor den Mund.

»Würdest du das mit mir auch machen? Wir könnten es versuchen. Ich habe aber keine Erfahrung damit.«

Kojo lässt die Finger von der Frau mit dem Ring in der Nase.

»Das kann man nicht so verabreden, August. Das muss ein bisschen heimlich sein. Jedenfalls nicht mit Worten verabreden, vielleicht mit Blicken. Lass uns das nicht hier besprechen«, sagt Freya.

Kojo ist aufgestanden und hat die Frau mit dem Ring in der Nase an der Hand. Frau, Ring, Nase, Hand.

»Cooler Vorstoß, August«, sagt Kojo. »Das ist übrigens Naja.«

Er weist mit beiden Händen in die Richtung von Naja.

»Naja«, sagt Peter und wiegt den Kopf hin und her.

Feline kichert.

Naja kreist mit den Hüften. Dann winkt sie uns zu, ohne etwas zu sagen, vielleicht hat sie auch einen Ring im Mund. Kojo und Naja drehen ab, Peter will sich noch ein bisschen woanders umgucken und Feline geht ins Bett.

Rudi lädt Hilda auf einen Spaziergang ein.

Rundherum flackern kleine Feuer, es wird gesungen, gegrölt und getrommelt. Freya und ich starren ins Feuer.

»Ich finde«, sagt Freya, »dass Feuer und Wasser die Elemente sind, auf die man lange starren kann, um nachzudenken.«

»So wie auf Teppichwebmuster, Zapfsäulentankanzeigen, Wasserabflusswirbel, meinst du?«

»Vielleicht«, sagt sie.

Sie rutscht ein bisschen an mich heran. Es ist sehr warm am Feuer. Starren. Da berühren sich 2 Knie, nicht meine beiden. Ob man das mag? Doppelt Stoff dazwischen. Ein Ring in der Nase ist aber schlimmer.

Nachdem wir 12 Minuten so gesessen haben, möchte Freya zum Meer gehen. Wir gehen den Waldweg entlang; der federt, das stimmt einen freundlich, obwohl man das nicht begründen kann. Freya hat meine Hand genommen und das Handpaket schaukelt in der Mitte zwischen uns. Das ist auch bei anderen Zweiergruppen zu sehen, die uns begegnen. Eine davon sind 2 Männer.

Am Meer badet Freya. Sie hat keinen Badeanzug dabei und keinen Bikini. Sie zieht ein Kleidungsstück nach dem anderen aus. Ich mache mich ans Zählen der Sandkörner. Ich tunke die Füße ins Wasser. Sie trocknet sich mit ihrem

Unterhemd ab. Ich bin bei 3.412. Ich darf ihre Haare abtrocknen. Im Imbiss reibe ich immer den Salat nach dem Waschen trocken. Die Bluse zieht sie dann direkt auf die Haut. Es ist Nacht und wir gehen zu den Zelten.

Ich zähle im Stillen die Zelte und ich zähle die Menschen, die eben um das Feuer gesessen haben, und es geht nicht auf, es sind mehr Menschen da als Zeltplätze. Aber man weiß nicht, wer wo bleibt, wer wo schläft, und das beunruhigt mich. Und wo mein Bass bleibt über Nacht, das beunruhigt mich auch. Und mein Bass braucht einen guten Platz.

Das Feuer ist jetzt ein Haufen Glut. Rudi und Hilda sind wieder da. Er flüstert ihr was ins Ohr und Hilda kichert. Freya setzt sich und klopft neben sich auf das Gras, da soll ich mich hinsetzen, ich soll Sitz machen, ich kenne das von Hunden. Rudi hat sich ganz zu Hilda hingedreht, aber Hilda guckt geradeaus und stupst ihn, als er ganz nah kommt, auf die Nase. Es wird stiller und Hilda gähnt und Rudi hat die Augen aufgerissen, als Hilda Freya an die Hand nimmt und sagt: »Tschüss, ihr Süßen, bis hoffentlich bald.«

Sie lachen, aber Rudi lacht nicht. Jetzt kann ich neben dem Bass im Zelt schlafen. Es gefällt mir, mit dem Sommer, mit dem Meer und mit Freya.

Freya, 16. August: »Zu Hause. Traum. Albtraum«

Ich bin aufgewacht, mitten in der Nacht, ich bin nicht mehr auf dem Festival, bin seit ein paar Tagen zurück, totale Stille ringsum. Ich hatte diesen bizarren, grauenhaften Traum. Ich schreibe mir im Nachttischlampenlicht mit einem Bleistift auf den Zettel ein paar Stichwörter und erzähle ihn nach am nächsten Morgen:

Ich bekam ein Geschenk von Ben. Er überreichte es mir mit seinem männlichen, spöttischen Lächeln, das ich sehr mochte, bevor ich lernte, es zu deuten.

Das Paket war klein, vielleicht zwanzig mal zehn mal fünf Zentimeter, und als ich das einfarbige blaue Geschenkpapier abgemacht hatte, war es ein schwarzes hölzernes Kästchen. Zum Aufklappen, wie eine Truhe. Unter einem Stück schwarzem Samt lag ein hauchdünnes Etwas – ein Bikini. In den Farben Beige, Grün und Lila. Der Schnitt war knapp, das Höschen ein Tanga. Der Stoff fühlte sich etwas ledrig an, etwas fester, die Farben waren gedruckt wie Tattoos. Ben hat ein Faible für neumodisches Sportequipment, Goretex und so was. In dem Stoff, mit dem der kleine Deckel ausgekleidet war, war ein Reißverschluss. Ich zog ihn auf. Dahinter war eine graue Plakette, vielleicht so groß wie ein USB-Stick. Darauf stand »Anna Koslow, *2.3.1937, †17.3.2010«.

»Nie gehört, sagte ich. »Ist das die Designerin?«

»Nö«, sagte Ben, »die Leiche.«

»Wieso die Leiche?« Ich sah auf den Bikini.

»Ein Leichenhautbikini«, sagte Ben. »Das ist der Hammer, was?«

August, 27. August: 19. Schreibaufgabe von Rudi. Thema: »Operation Würstchen- und Blumenkauf«

Man soll einkaufen gehen können. Das muss man können, wenn man später auch allein wohnen soll, hat Herr Gelinder gesagt und Rudi hat es bestätigt. Es ist aber besser, wenn ich sage, *ich will* einkaufen gehen, sagt Herr Gelinder. Ich soll mir klarmachen, dass das für mich ist. Das Einkaufen, nicht nur die eingekauften Sachen. Dass es eine bewusste Entscheidung ist, für das Einkaufen oder auch dagegen. Und warum man, also ich, sich so entschieden hat und eben nicht anders. Mein Projekt soll sein, also ist, für das Fest bei Freya und Hilda und dem Vater Würstchen einzukaufen. Das habe ich selbst gesagt, es ist eine bewusste Entscheidung für Würstchen und Blumen.

Eigentlich ist das Einkaufen kein Problem. Aber der Supermarkt ist ein Problem. Er ist ein Labyrinth von Regalen. Menschen rennen darin herum wie Ratten in einem Versuchsaufbau. Wagen klirren, Kinder schreien und durch Lautsprecher rufen Menschen, die man nicht sehen kann, mit näselnder Stimme Dinge, die ich oft nicht verstehe, wie zum Beispiel »16 auf 53, 16 auf 53«.

Mutter Stork hatte vorgeschlagen, ich soll etwas zu essen mitbringen auf das Fest, vielleicht würde gegrillt. Und ich sollte Blumen mitbringen für die Dame des Hauses. Man sollte nicht mit leeren Händen dastehen, wenn man eingeladen ist. Mutter hat 4 Mal wiederholt, dass sie sich freut über die Einladung für mich. Ich weiß nicht, welches die Frau des Hauses ist, dort sind ja mehrere. Ich werde einfach 2 Blumen kaufen. Aber wenn ich sie abgegeben habe, die Blumen und die Würstchen auch, werden meine

Hände wieder leer sein. Dann soll ich sie vor dem Bauch falten, sagt Mutter Stork.

Es gibt viele Supermärkte in unserer Nähe. Wo Mutter Stork einkauft, gibt es ein Zentrum mit mehreren Supermärkten. Vor dem Eingang mit den automatischen Türen stehen die Einkaufswagen in einer langen Schlange. Sie sind mit kleinen Ketten am Griff verbunden. Die Kette kann man unterbrechen, wenn man ein 50-Cent-Stück oder einen Euro hineinschiebt. Dann kann man einen Wagen herauslösen. Man kann die Kette auch mittendrin lösen, dann hat man zum Beispiel 20 Einkaufswagen am Stück.

Eine Frau, die ich beobachtet habe, hatte eine Plastikmünze speziell zum Ablösen eines Einkaufswagens dabei. Das unterläuft das Prinzip. Wäre ich ein anderer Mensch, würde ich vielleicht mit ihr sprechen. Ein Mann sagte zu einer Frau, mit der er verheiratet ist, wenn ich das richtig beurteile, und mit der er daher auch zusammenlebt, er hätte nur einen Euro und wollte aber grundsätzlich nicht einen ganzen Euro in den Schlitz zum Ablösen eines Einkaufswagens stecken, wenn es mit 50 Cent auch geht, falls der Wagen abhandenkommt. Oder falls man stirbt, denke ich. Das sagte er nicht, aber so ist es und so kann man auch denken. Wenn man alle Möglichkeiten denkt, dann verfranzt man sich an den Rändern des Denkens. Das ist labyrinthisches Denken, das habe ich manchmal. Aber dann hätte man nur 50 Cent verloren und nicht einen ganzen Euro. Wenn man aber immer wechseln muss und die Zeit zusammenrechnet und sie umrechnet in einen Arbeitslohn und wenn die Wahrscheinlichkeit, dass man sein 1-Euro-Stück nicht zurückkriegt, gegen 0 geht, dann kann man ruhig einen Euro nehmen. Man freut sich ja auch etwas mehr, wenn man ihn heil wieder zurückkriegt.

Mutter Stork hatte mich, als ich kleiner war als jetzt, ein Kleinkind oder ein Baby oder so, im Einkaufszentrum mit dabei, aber das ging dann nicht mehr, man hatte sie darum gebeten, mich zu Hause oder bei Leuten oder wenigstens vor dem Laden zu lassen. Kinder, die geweint haben, kriegten an der Kasse einen Lolly. Aber ich bin oft geschmolzen und habe dann gelegen zwischen den Tomaten und dem Lauch zum Beispiel und einmal im Regal mit Kaffee und Kakaopulver und habe geschrien und um mich getreten. Vor allem wenn es voll war und laut, samstags zum Beispiel. Man musste den Rettungswagen holen. Der brachte mich in die Kinder- und Jugendpsychiatrie. Dort war man vorsichtig und ich durfte bald wieder raus, man kannte mich. Mutter sagt, sie hätten mir eine Therapie angeboten, aber damals wollte sie, dass ihr Junge bei ihr ist. Kleine Jungen gehören zu ihrer Mutter und nicht in eine Anstalt. Ich habe mich wohl gebessert, sagt meine Mutter Stork. Das sagt auch Herr Gelinder. Vielleicht hat man sich auch nur an mich gewöhnt.

Mutter Stork hat mich weiter mitgenommen zum Einkaufen und mich dann draußen gelassen. Weglaufen mochte ich nicht. Ich stand in der Nähe der Hundefestbindestelle vor dem Supermarkt. Bei den Einkaufswagenketten. Deswegen kenne ich mich sehr gut aus dort. Den Wagen mit der fehlenden 4. Verstrebung rechts kenne ich.

Ich bleibe ein bisschen davor stehen. 2 Schlangen mit Einkaufswagen stehen unter einem Dach. Die Schlange von Einkaufswagen, die weiter vom Eingang entfernt steht, ist länger. Die kürzere wird immer kürzer, weil die Leute es 3 Schritte kürzer in den Markt haben. Ich denke ein bisschen über die mathematische Funktion nach, die das beschreiben könnte.

Ich brauche keinen Wagen, ich will nur Würstchen kaufen und Blumen. Ich war seit 2 Jahren nicht mehr in einem großen Einkaufszentrum. Ich muss Würstchen kaufen und Blumen. Das wird schon gehen, Würstchen und Blumen. Mehr nicht. Aber Würstchen und Blumen haben wenig miteinander zu tun, die stehen sicherlich nicht im selben Regal.

Die Türen vom Einkaufszentrum gehen automatisch nach beiden Seiten auf, man muss nichts anfassen, das finde ich angenehm. Da sind rechts und links Ladenzeilen mit einer Apotheke und einem Fotoladen und einem Stehimbiss, wo es Döner gibt, aber keine Würstchen. Vielleicht könnte ich auch Döner mitbringen.

Nach rechts geht es in den Supermarkt, 16 Kassen. Ich war hier noch nie allein. Ich müsste fragen, wo die Würstchen sind und wo die Blumen, das möchte ich aber nicht. Ich muss Blumen kaufen (ungern), um auf eine Party zu gehen (ungern) und mit Leuten sprechen (ungern) wegen Freya (gerngerngerngern). 4:3.

Eine Frau rempelt mich von hinten mit ihrem Wagen an. Ich atme schneller und mein Herz pumpt schneller, ich muss umdrehen, schnell, sonst falle ich um. Ich stelle mich in eine Ecke und gucke auf das Wandputzmuster. Ich zähle die Erhebungen, das beruhigt mich. Vielleicht gibt es im Internet auch einen Grundriss des Supermarkts.

Da sehe ich, als ich mich vorsichtig wieder umdrehe, Blumen, einen Blumenstand am Ende der Ladenzeile. Was die Blumen gemeinsam haben, sind ihre grünen Stängel, bis dahin kann man nichts falsch machen. Ich wähle 3 verschiedene Blumen mit grünem Stängel, für jede Frau des Hauses eine. Die Frau hinter der Blumentheke hat flinke Hände und ist freundlich. Sie sagt mir, dass die Würstchen gleich links hinten an der Wand stehen. Ich renne hinein zu dem Regal und schnell durch die Kasse, dann renne ich aus dem Zentrum und setze mich auf eine Bank an der Hundeanleinstelle. Ich atme und sehe auf meine beiden Hände. Eine hält ein Glas Würstchen. Die andere 3 unbekannte Blumen in knisterndem Papier. Würstchen im Glas kann man nicht gut grillen, trotzdem: Das Gefühl, das ich habe, sitzt eher in der Brust als im Bauch. Es ist der Stolz.

Rudi, 18. September: Poolparty bei Freya und wie man kleine Jungs zum Schweigen bringt.

August wollte nicht auf die Party. Dabei hatte er mir erzählt, dass Hilda ihn eingeladen hat und dass auch der Neurowissenschaftler ihm einen Zettel gegeben hätte, auf dem Zeitpunkt und Ort notiert wären. August will nie auf Partys, inzwischen kennt ihr ihn ja ein bisschen, soweit man ihn halt kennen kann. Aber diesmal war's ja anders, weil es Freyas Party war. Ich war natürlich rattenscharf auf diese Party, erstens weil sich Hilda da wahrscheinlich im Bikini am Pool rekeln würde, zweitens weil es sicher ein paar B-Promis zu sehen geben würde und drittens, drittens fällt mir grad nix ein. Das mit dem Erstens, Zweitens, Drittens hab ich aus einem Rhetorikkurs an der Uni. Ich kann mir aber immer nur zwei Sachen merken.

Weil August aber ausschließlich Fahrrad fährt und diese Party vielleicht die Schlüsselparty seines und meines Lebens ist, hatte ich gesagt, wir machen eine hübsche Radtour und da ist ein kleines Sommerfest in netter und ihm vertrauter Umgebung. Und wenn einer dumm fragt, bin ich sein Bruder.

Bis nach Blankenese raus! Da musste ich aber erst mal 'ne Menge Spucke runterschlucken. Denn irgendwie ist mein Fahrrad immer platt oder die Kette ist raus. Also fahre ich praktisch nie Fahrrad. Ich glaube, ich habe gar kein Fahrrad mehr. Es könnte nämlich sein, dass von meinem Fahrrad nur noch ein Rostfleck übrig ist.

Ich habe August gesagt, wir könnten doch wieder meinen alten Polo nehmen, ich wollte damit schon immer mal auf einer Blankeneser Party vorfahren.

Als ich das gesagt hatte, macht August aber wieder einen auf mimisch tot und sieht durch mich hindurch wie Frankensteins Monster. Wenn man länger mit August diskutiert oder dagegenhält, fängt er an zu schmelzen oder er beißt. Also gut, hab ich gesagt, mit dem Fahrrad, warum auch nicht, soll ja gesund sein. August gab also nach längerer Bearbeitung sein stummes Einverständnis.

Ich fand es erstaunlich, dass sich August auf die Fahrt zu einer Party einließ. Was würden wir tun, wenn er ins Bett müsste? War das Ganze nicht zu riskant, weil er doch in drei Tagen oder so in Hannover seine Prüfung hatte?

Ich konnte auch im Keller nachsehen, da war ich schon sehr lange nicht mehr gewesen. Vielleicht war da ja noch ein Fahrrad, denn ich musste mich beeilen; in zwei Stunden würde August vor der Tür stehen und wir würden losfahren. Was für 'n Akt.

Im Keller sind solche Verschläge aus Metallgitter, wie Käfige. Es riecht nach alter Kleidung, Regen und Holz. Durch die Gitter kann man sehen, was die andern so im Keller haben. Mein Käfig ist ganz hinten, und das ist gut so. Meine Eltern hatten ihn bis zu Hälfte gefüllt und ich hatte in den ersten Wochen hier immer was obendrauf gelegt, eine gefundene Matratze für Gäste, alte Schlagzeugteile und Stühle vom Sperrmüll. Vielleicht ziehe ich mit einer Süßen ja mal in was Größeres um.

Jetzt stehe ich vor diesem Haufen und grabe von vorne ein Loch in das Gerümpel. Da ist aber als Erstes die Kiste mit den Liebesbriefen aus der Schulzeit. Da muss ich mal eben reinschauen. Da müssten auch noch Briefe von Cordula Mischke drin sein, aus der Fünften oder so. Die hatte mir geschrieben: »I wish you a merry christmas«, und ich fand es superaufregend, wusste aber nicht, was »merry« heißt.

Die Briefumschläge der alten Briefchen waren mit viel Liebe gebastelt, mit Federn drauf, mit bunten Schnipseln.

Fotos waren darin, sogar getrocknete Blumen. Verdammt, dachte ich, deine erste Nostalgiewelle. Ich merkte, wie ich rückwärtsgewandt wurde wie ein alter Mann, schwermütig, tief atmend. Also klappte ich schnell die Kiste zu und wühlte woanders weiter. Wer wühlt, der fühlt. Wo war das Fahrrad? Scheiße, sagte ich, ich brauchte ein Fahrrad, das gab's doch gar nicht.

Da stand ich also und starrte ein bisschen in der Gegend rum, dann sah ich in einem Keller ein Rad. Das war der dritte Keller, der Keller von Familie Poschek, mit Vater Poschek, Mutter Poschek und Paul Poschek, dem Sohn, der immer ein bisschen zu nah an einen rankommt mit seinen fünf Jahren oder so und fragt: »Was machst du?«, wenn man irgendwas Normales macht, wie die Tür aufschließen oder in den Briefkasten schauen. Poscheks hatten ein Fahrrad übrig, das sie nicht brauchten.

Die Kellerkäfige sind zwar unten abgeschlossen, aber oben offen. Ich schloss die Tür von innen ab und stieg über den Zaun. In ihrem Keller standen noch mehr Sachen zum Ausleihen, ein Faltboot zum Beispiel. Mit Mühe stemmte ich, auf einem Schemel stehend, das Rad von innen über die Tür und schleppte es in meine Wohnung. Ich fuhr die zwei Meter Flur entlang, da klingelte es schon, das musste August sein. Ich öffnete, auf dem Fahrrad sitzend, die Tür. Es war Paul Poschek, der altkluge Knirps. Er hatte den Kopf schief gelegt und die Arme vor der Brust verschränkt.

»Was machst du?«, fragte er und sah mir direkt in die Augen. Dann kippte er den Kopf ruckartig zur anderen Schulter hinüber.

Ich merkte, wie mein Mund sich öffnete, obgleich ich noch nichts zu antworten wusste.

»Du hast unser Fahrrad aus dem Keller entwendet«, sagte er. Er sagte tatsächlich »entwendet«. Seine Eltern sind Akademiker.

»Kannst du ein Geheimnis für dich behalten?«, fragte ich ihn. Dabei sah ich mich nach rechts und links im Treppenhaus um.

»Kommt drauf an«, sagte er.

»Auf was kommt es denn an?«, wollte ich wissen.

»Auf das Geheimnis. Und darauf, was ich kriege.«

Ich überlegte.

»Magst du Comics?«

»Asterix und Lucky Luke«, sagte Paul.

»Und Donald Duck?«

»Ist okay.«

Ich holte zwei meiner Sammelbände aus dem Klo. Der eine hieß: »Die geheimnisvolle Fahrt«. Ich bat ihn herein, aber er lehnte ab, das soll er nicht machen, zu Fremden in die Wohnung, erst recht nicht zu Dieben. Ich drückte ihm die beiden Bände in die Hand.

»Falls du zwei Tage lang den Mund halten kannst über das Fahrrad. Danach wird es wieder im Keller stehen.«

Er schob das Kinn energisch vor und nickte. Dann nahm er die Hefte und warf einen stolzen Blick auf seine Beute.

»Da«, sagte ich und zeigte auf das Titelblatt. »Es geht um eine geheimnisvolle Fahrt.«

»Was Verbotenes?«

»Nein«, sagte ich, »da kannst du ganz beruhigt sein.«

»Schade«, sagte er. »Aber ich schweige wie ein Grabstein. Wenigstens bis nach morgen.« Dann streckte er die Hand aus. Ich drückte sie vorsichtig. Sie fühlte sich an wie eine tote Maus.

Wenig später kam August. Er ging aufs Klo, und als er zurückkam, sagte er, dass zwei Walt-Disney-Sammelbände fehlten.

Wir fuhren los. Ich war ja nichts mehr gewohnt. Wahrscheinlich war einfach das Fahrrad zu klein, vielleicht war's das Rauchen, ich brauchte in St. Pauli die erste Pause, in Ottensen die zweite. August fuhr völlig gleichförmig Fahrrad. Egal, ob es bergab ging oder bergauf, immer drückten seine Beine die Pedale in gleichem Tempo um die Achse des Tretlagers. August war eine Uhr.

Ich musste die Straße auswählen und die Richtung vorgeben. Bei allem, was August herausragend konnte – seine räumliche Orientierung war so gut wie die von einer geköpften Brieftaube. Ich war ja vorher nur einmal bei den Schwestern gewesen, aber ich wusste, dass man den großen Garten und die Villa von der Elbe aus sehen kann.

August folgte mir willig. Er blieb still und atmete ruhig. Die Elbe fächelte kleine Wellen ans Ufer. Da oben sah man das Haus, die Garagen, den Park. Fackeln waren aufgestellt worden, man sah kleine Gruppen von Menschen im Garten herumstehen. Kellner scharwenzelten mit Tabletts auf dem Rasen herum. Die Frauen trugen pastellfarbene Kleider. Ein Trio spielte Kaufhausjazz. Einige Spaziergänger blickten nach oben. Jemand sagte: »Da oben gibt man ein Fest.« Man gab ein Fest. Das Sommerfest war die Kulisse zu einem Sommerfest.

»Weißt du, was eine Kleiderordnung ist?«, fragte ich August.

August nickte.

»Gibt es da oben eine Kleiderordnung?« Ich hatte mein Rad angehalten und blickte den Hang hinauf zum Garten. Dann sah ich an mir hinunter und ich sah an August hinunter. Wir sahen aus wie Penner. Augusts dunkle Mähne fiel bis auf die Schultern, er hatte eines seiner exgrünen verblichenen T-Shirts an. Er besitzt, glaube ich, drei da-

von. Wahrscheinlich Mischfaser. Und August war durch die nährstoffreiche Imbissnahrung kräftig gewachsen. Aber das T-Shirt zeigte auch, wie stark August war. Unten herum hatte er so eine Wollhose an. Wahrscheinlich war sie sehr saugfähig. Man könnte auch Ofenrohre damit dämmen.

Ich hatte meine übliche Jeans-T-Shirt-Kombi an, meine Sneakers waren aus dem Leim und ich roch ein bisschen verwittert.

»Wir ziehen das jetzt trotzdem durch«, sagte ich zu August. Wir genehmigten uns eins der Würstchen, die August gekauft hatte. Ich wollte den Berg raufschieben, damit ich nicht noch mehr schwitzte. August fuhr gebremst in Zickzacklinien hinter mir her. In den Gärten, die wir einsehen konnten, saßen Männer in sandfarbenen Hosen, manche hatten einen Hut auf dem Kopf, einer sogar eine weiße Kapitänsmütze, und Frauen standen in hellen Kleidern auf dem Rasen. Die Kinder waren ganz brav und sauber, sie hüpften im Kreis oder saßen mit Puppen unter einem Baum. In kugelförmigen Glasgefäßen dümpelte Bowle mit Früchten und solche Sachen herum. Wenn man so was trinkt, muss man immer abwechselnd saugen, kauen und schlucken; ich mag das nicht. Bier ist mir lieber, Bier ist eindeutig und kompromisslos. Man kann es schlucken oder saugen, und das war's.

Wir näherten uns von hinten dem Garten von Familie Von Unverzagt-Plotz. Ein Sprung über die Gartenmauer ersparte uns die offizielle Begutachtung durch den Hausherrn und Fragen nach der Garderobe.

Hinter der Gartenmauer standen Stehtischchen, die mit

Stoff bezogen waren, der unten am Ende des Tischbeins mit einer roten Schleife zusammengebunden war. Daneben langweilten sich zahlreiche Kellner in der tief stehenden Sonne und hielten Tabletts mit Orangensaft und Sekt in die Sommerluft. Einer beäugte uns skeptisch, ich gab August ein Glas mit O-Saft in die Hand, ich selbst goss mir ein Gläschen Schampus hinter die Binde. Dann fragte ich einen Kellner, ob er auch Bier hätte. Er drehte ab und kam mit einem Bier auf einem Tablett zurück. Das war das erste Tablettbier meines Lebens.

Ich schaute mir die Frauen hier etwas genauer an und unter all dem Plunder, den sie sich über die gepflegte Haut gestreift hatten, wölbten sich diese Landschaften, die ich so liebe. Es fing an, mir hier zu gefallen. Aber eigentlich hielt ich nach Hilda Ausschau, bestimmt war sie noch im Bad. Der Kellner hatte offensichtlich gemeldet, dass hier zwei unbekannte saufende Objekte (USOs) gelandet seien. In einem indischen Wallekleid kam eine Frau angerauscht, die sich mit dem Zwei-Wort-Satz »GutenAbendichbindieDamedesHauses – unddarficherfahrenwerSiesind?«, vorstellte.

»Natürlich«, holte ich aus, als August mich unterbrach.

»Für die Dame des Hauses«, sagte er roboterhaft und reichte ihr, noch verpackt, am ausgestreckten Arm drei Blümelein: eine Gerbera, eine Rose und eine Nelke. Und dann, wortlos, das Glas Würstchen.

»Das ist Herr Stork«, fuhr ich in ihre Sprachlosigkeit hinein, »der Nachhilfelehrer ihrer Tochter Hilda. Und ich, nun ja, ich bin der Rudi. Meine Funktionen sind komplex. Wir möchten uns sehr für die Einladung bedanken.«

Sie hielt eine Weile still. Sie blickte auf die drei Blumen und das Glas. Dann lächelte sie, schüttelte ihr langes, rot gefärbtes Haar einmal nach rechts und wieder nach links, öffnete das Würstchenglas, sodass ihre Armreifen klimperten, und fischte sich ein Würstchen heraus.

Sie hielt uns das Glas hin.

»Von Unverzagt, ich bin die Mutter von Hilda und Freya«, sagte sie und blickte uns abwechselnd an, »und die Ex von ihrem Vater, Herrn Plotz.« Dann biss sie dem Würstchen den Kopf ab.

»Ich lebe inzwischen in der Provence. Sehr schön, dass hier mal ein paar frischere Typen auftauchen.«

Bei »frisch« fiel mir ein, dass ich heute Abend ja einiges vorhatte. Ich hatte dermaßen Lust auf eine gut riechende Tochter aus gutem Hause. Und dafür musste ich mich ja wohl auch noch ein bisschen frisch machen. Freyas Mutter plauderte munter und wies, den kleinen Finger wie einen Zeigestock geübt vom Weinglas abspreizend, auf verschiedene Gäste.

»Das da ist mein Exmann, Klaus, Freyas und Hildas Vater, wie gesagt. Daneben ist seine Mutter. Der schöne, eitle Junge, das ist Ben, Freyas Freund, mit seinem besten Freund Tommy. Der Mann, der sich immer umguckt, ist Dr. Krönert. Dann der im lila Pullunder, Dr. Sigurd, Zahnarzt und Kieferchirurg. Dann Nachbarn, Freyas Gesangslehrer, die Winsens vom Poloklub, noch mehr Polofreunde, Tennisfreunde, Geschäftsfreunde. Full House.«

Sie machte eine kleine Pause. Dann wies sie auf eine Blondine mit drei Meter langen braunen Beinen und sehr hellen Zähnen. »Und das ist die Neue von Freyas und Hil-

das Vater.« Dabei setzte sie ihr Sektglas an und kippte den Inhalt in den Mund, so ähnlich wie Müllwagen Mülltonnen ansetzen, kippen und schütteln.

Ich sagte, ich müsste mich mal frisch machen, ich käme ja direkt von der Arbeit, und ließ August mit der Wahlfranzösin allein. Sollte der doch mal zeigen, was er so gelernt hatte in den letzten Wochen. Ich erkundigte mich derweil bei einer Hausangestellten mit knappem schwarzem Rock und Häubchen nach dem Badezimmer. Ich kam immer besser in Stimmung. Neben der Verandatreppe spielte das Trio »The Girl from Ipanema«. Sie trugen weiße Smokings und schwarze Fliegen am Hals. Der Pianist hielt die Augen geschlossen. Auf der Bass-Drum stand in Schnörkelschrift »Mambo-Jambo«. Der Bassist blickte so drein, als wäre ihm gerade eingefallen, dass er seit einer Woche die gewaschene Wäsche in der Waschmaschine vergessen hatte.

Ich trat, aufblickenden Gästen freundlich zunickend, ins Haus und stieg auffällig unauffällig in den ersten Stock. Vorsichtig öffnete ich die Badezimmertür: Das war kein Badezimmer, das war ein Waschpalast. Ich schloss ab und sog die frische Luft, die einer Schale voller Blütenzeugs entströmte, durch meine breiten Naselöcher ein. Die Augen hielt ich geschlossen. Schon als kleiner Junge hatte ich fremde Badezimmer gemocht und sie in heimlichen Expeditionen erschlossen. Ich fühlte die Oberfläche der Eckbadewanne. Es war eine Kaldewei Echnaton. Ich ließ durch eine Drehung an einem Handgriff den metallenen, zentral angebrachten Stöpsel in die Tiefe gleiten. Der Stöpsel schloss den Abfluss genau auf einer Ebene mit dem Wan-

nengrund, sodass man mit dem Hintern schön hin und her rutschen konnte. Zwischen Waschbecken und Badewanne hatte ein Bidet seinen Platz. Ich strich darüber, hier hatte Hilda sich gewaschen. Alle Armaturen waren nostalgisch geschwungene Hebel im Landhausstil.

Dann machte ich mich daran, die Hängeschränke zu inspizieren: Tampons in kleinen Bastkörbchen, Badeschaum, Nagelfeilen in feinen Lederetuis, eine Duschhaube. Ich hatte noch nie eine Duschhaube aufgezogen. Sie stand mir gut. Ich schnitt vor dem Spiegel Grimassen. Dann quetschte ich mir einen Mitesser auf der Nase aus; es ging genau so, wie man es sich wünscht. Das war ein gutes Omen.

Im anderen Flügel des Hängeschrankes standen offenbar die Badeartikel von Hildas Vater. Drei Rasierwasser und ein Preshave standen dort. Ein Haarwasser gab's auch, eine Tönungscreme für die Haut und einen Rollerstift, mit dem man sich unter den Augen entlangfahren konnte, um frischer auszusehen. Ich zwirbelte mit insgesamt vier Q-Tipps in meinen Ohren herum, bis die Watte des letzten Q-Tipps so weiß blieb wie die Kacheln. Ich setzte mich aufs Klo, anschließend auf das Bidet und dachte dabei über das Wort »Stuhlgang« nach, kam aber zu keiner zündenden Schlussfolgerung.

Im Garten, der sich parkartig den Elbhang hinabzog, wurden weitere Fackeln entzündet. Unten, in einer Senke, nicht weit vom Pool, stand eine Feuerschale und ein Mann stocherte mit einem Schürhaken darin herum.

Weiter oben, auf einer der kleineren Terrassen, wurden Begrüßungsküsschen ausgetauscht und an den Frauen baumelten glitzernde Handtäschchen. Jüngere Männer empfahlen sich älteren Männern durch besonders kräftigen Händedruck. Direkt von der großen Terrasse blickten zwei Männer mit grauem, streng gescheiteltem Haar, blauem Jackett und Einstecktuch wie von einer Kommandobrücke aus auf die Elbe. Sie wiesen auf das eine oder andere Schiff und auf den einen oder anderen Containerberg, als zeigten sie sich gegenseitig ihren Besitz.

Ein Mehr-Generationen-Fest, wie nett. Was die meisten hier einte, war wohl die Einkommensklasse. Ich hatte nicht nur Lust auf Sex, ich hatte auch Lust auf Geld. Und plötzlich bekam ich noch eine Lust: die Lust, etwas zu klauen, irgendwas. Es musste gar nicht wertvoll sein. Einfach so, diese Leute eine Spur ärmer machen. Ich würde hier irgendwas Kleines mitgehen lassen, symbolisch. Man würde sehen.

Neben der Terrasse drehte ein Spanferkel auf dem Grill seine letzten Runden. Dahinten stand meine Generation und ich beschloss, mich dazuzugesellen. Ich schlenderte auf das Grüppchen zu. Die Manschettenknöpfe blinkten in der Abendsonne wie Angelköder. Die beiden Frauen, die dabeistanden, hatten einen wollenen Umhang oder einen Schal übergeworfen. Darunter schimmerten noch leckere Sachen hervor. Bei der einen glänzte ein Paillettenkleidchen um die Schultern. Die Träger des BHs waren solche durchsichtigen Kunststoffstreifen, ein Hauch von Halt. Ich verfolgte die Knöpfe des Kleides am Rücken, die sich nach unten zogen wie eine Ameisenstraße. Mein Blick verhedderte sich fast im Muster ihrer Nylons. Ihre Pumps hatten die Form von Skischanzen. Von dort sprang mein Blick auf die Nachbarin am Stehtischchen, die ihren herrlichen barocken Körper in roten Samt gewickelt hatte. Großartige Entscheidung. Die Party gefiel mir wirklich gut. Von mir aus musste man gar nicht groß reden, vielleicht könnte man hier 'ne prima Kuschelparty draus machen.

»Und Sie«, fragte mich plötzlich ein Mann mit wippendem Scheitel von schräg hinten, »womit verdienen Sie ihr täglich Brot?«

Der hatte mich auf dem falschen Fuß erwischt. Bei so was soll man dem anderen fest in die Augen sehen.

»Was sagt Ihre Menschenkenntnis?«, fragte ich zurück, um etwas Zeit zu gewinnen. So was machen Führungskräfte, um zu zeigen, wer hier das Recht der ersten Frage hat. Ich glaube, man muss nur ein paar Bücher lesen – »Richtig führen ist einfach«, ist eins davon.

Er blickte an mir herauf und herunter.

»Irgendwas in der digitalen Bohème. Werbetexter? Oder einfach Student?«

»Nicht schlecht«, sagte ich, »haarscharf daneben. Jedenfalls etwas, über das man nur vorsichtig sprechen sollte«, flüsterte ich und zwinkerte ihm zu.

»Aaah«, sagte er, »verstehe. Geht mir ähnlich.«

Ich fand, es stand eins zu null für mich. Aber eigentlich war er ganz in Ordnung und wir kamen dann doch so gut ins Reden, dass wir uns schließlich duzten. Er hieß Moritz, »alle nennen mich Momo. Manche sogar Mimi.«

Jetzt tat er mir fast ein bisschen leid. Er hatte irgendeinen amerikanischen Juniortitel in der Bank von Hildas Vater. Einen Titel, den ihm die Firma auf eine Visitenkarte gedruckt hatte. Ich steckte sie mir in die Tasche. So eine würde ich mir auch machen lassen: »Chief Executive Percussionist. Comfort University Strategist«.

Wir schlenderten herum und schauten uns die Frauen an. Und plötzlich sahen wir Hilda. Hilda, wie sie aus dem Pool stieg. Wie sie die kleine Schwimmbadleiter heraufkletterte. Wie sie auf halber Höhe ihre Haare zur Seite bändigte, auswrang und dabei ihre göttliche Brust nach vorn streckte. Wet Swimsuit Contest. Wie war das primitiv! Wie war das gut!

Um den Pool herum füllte es sich langsam mit Menschen. Sie schlenderten, teils mit Glas oder Teller in der Hand, teils untergehakt, in Richtung des Beckens. Angezogen vom Flimmern der Wasseroberfläche. Wie Tiere, die in der Savanne zur Wasserstelle streben. Sie ließen sich auf den Liegestühlen oder auf den Armlehnen nieder. Sie soffen viel.

Jetzt kam Klaus im Bademantel. »Ahh« und »Wow« von allen Seiten. Er streifte seinen Bademantel ab, drückte die Brust raus, kniff den Hintern zusammen und sprang, die Füße vorbildlich geschlossen, mit einem Kopfsprung ins Wasser. Beim Auftauchen schüttelte er in klassischer Manier den Kopf. Die Poolbeleuchtung wurde eingeschaltet, immer mehr Leute strömten zum Pool. Die Band sollte jetzt swingen und gab sich Mühe.

Jetzt sah ich auch August. Er saß hinten bei den Rhododendronbüschen mit Dr. Krönert an einem kleinen Tisch. Zwischen ihnen stand ein Schachbrett. Krönert hatte das Kinn in die Hand gestützt und schüttelte den Kopf.

Dann sah ich Freya und Ben, weiter weg, hinten an der anderen Gartenmauer. Man konnte sie nicht verstehen, aber sie schienen zu streiten und machten Streitgesten wie in einer Sitcom. Ben hielt immer wieder den ausgestreckten Zeigefinger an Freyas Kopf. Der Daumen stand rechtwinklig ab, es war ein Fingerrevolver, der da auf Freya zielte. Freya schlug seine Hand weg und zog die Schultern hoch. Ben stürmte jetzt in unsere Richtung.

»Den knöpf ich mir vor«, rief er.

Er schwenkte den Kopf suchend hin und her und stampfte Richtung Swimmingpool. Ein paar Leute schauten auf, am Pool gab's gerade nix Neues. Es wurde Zeit, dass was Neues passierte. Es passierte auch was. Einer zeigte Richtung August.

Ben ging auf August zu, aber August war vertieft in das Schachspiel. Er berechnete wahrscheinlich gerade ein Damenopfer voraus.

»Hey, Schöngeist«, sagte Ben. Aber August wusste nicht, was ein Schöngeist ist.

»Ich bin August«, sagte er, »Guten Tag.«

Ich machte mich auf den Weg zu dem Schachtischchen.

Freya kam von der Mauer herübergelaufen.

»Pass mal auf«, sagte Ben zu August, »wenn du an Freya ranwillst, dann musst du ein bisschen mehr draufhaben, als zur falschen Zeit am falschen Ort zu sein.«

Das verstand August aber auch nicht. Er fing so laut zu atmen an, dass ich es hören konnte. Dr. Krönert erhob sich und ging ein paar Schritte rückwärts. Ich machte August eines unserer Zeichen, aber er sah mich nicht. Ich wollte August mal machen lassen, was sollte ich immer dazwischenfunken? So ist das Leben: Es wird geliebt und es wird geprügelt. Aber noch wurde ja gar nicht geprügelt und das würde auch nicht passieren auf einer Gartenparty in Hamburg-Blankenese. Ich winkte mir noch ein Tablettbier heran. Ben starrte August in die Augen und August starrte auf die Turnschuhe von Ben.

»Vielleicht solltet ihr Schach spielen«, rief ich.

»Mir ist mehr nach Boxen«, sagte Ben.

»Sie könnten«, meldete sich plötzlich aus der letzten Reihe Dr. Krönert, ein Glas Wein in der Hand, »Schachboxen. In der Tat: Sie sollten Schachboxen.«

Keiner erwiderte etwas, keiner wusste, was er meinte. Da machte Dr. Krönert zwei energische Schritte in den Kreis um die beiden Kontrahenten. Er streckte den rechten Zeigefinger in die Luft und näselte: »Das hieße«, er räusperte sich, »ein kleiner Wettkampf mit sechs Runden Schach à vier Minuten im Wechsel mit fünf Runden Boxen à drei Minuten. Wer einen der beiden Wettbewerbe k. o. oder Matt beendet, gewinnt den Wettkampf. Es ist ein wunderbarer Sport, der das Archaisch-Männliche mit dem strategischen menschlichen Intellekt zusammenbringt. Und es bringt eine rasche Entscheidung: Nach spätestens einer Dreiviertelstunde ist der Zauber vorbei. Eine Sportart, bei der für jeden was dabei ist – auch für die Zuschauer!«

Freya wollte sich einmischen, aber mehrere Umstehende jubelten bereits. Zwei Herren im Anzug hatten sich untergehakt und skandierten: »Schach-bo-xen, Schach-boxen!« Dabei schunkelten sie hin und her.

»Der Sieger darf die Frau küssen!«, rief ein kleiner dicker Mann im gelben Pullover und hüpfte auf und ab.

Dr. Krönert hob diesmal den linken Zeigefinger: »Der

Wettkampf beginnt mit einer Vier-Minuten-Runde Schach. Dann drei Minuten boxen. Vor dem Schachspiel sollten die Handschuhe ausgezogen werden«, hier atmete er hörbar ein und machte eine Pause, »und nach dem Schachspielen sollten sie wieder angezogen werden.« Er kicherte hustenartig und hielt sich hektisch die Hand vor den Mund, dabei kleckerte er aus dem Glas in seiner anderen Hand Wein auf seine Anzughose.

Freya stand nicht weit weg von den beiden und murmelte etwas von »Idioten« und »aufhören«, aber die Stimmung war aufgeheizt. Ben beschimpfte August als »Supernerd« und setzte sich hin und ordnete die Schachfiguren. Er bat einen der Kellner, ihm seine Sporttasche aus dem Salon zu holen. Hilda sagte mir, wo die alten Boxhandschuhe im Keller zu finden waren, die ich für August holen sollte. So wurde ich Sekundant.

Inzwischen stand auch Klaus im weißen Bademantel neben dem Tischchen, das als Schacharena aufgebaut wurde, und rieb sich die Hände.

Zwei Herren wurden von Klaus als Ringrichter vorgestellt. Der eine war ein Herr um die achtzig in einem beigen Anzug und mit einem roten Einstecktuch. Der andere war ein Typ um die dreißig in einer schwarzen Bomberjacke. Krönert, so wurde mitgeteilt, war Oberschiedsrichter und Ringarzt. Mit einem rot-weißen Absperrband wurde ein Boxring zwischen zwei Bäumen und zwei Stühlen markiert, etwa sechs mal sechs Meter.

»Großer Kopf, gleich große Trefferfläche«, sagte Ben, als August sich die Hände bandagierte. Ich beobachtete August genau, sein Atem ging ruhig, kein Nasenflügeln, kein

Zittern, kein Anzeichen von Schmelzgefahr. Er war beunruhigend ruhig.

»August?«

Er sah kurz zu mir herüber und verzog keine Miene. Vielleicht, dachte ich, musste es einmal so weit kommen, vielleicht war das der Initiationsritus für die normale Welt. Ob er durch die Ruhe besser boxen konnte oder seine ungestüme Wut verlieren würde?

Ich griff nicht ein, es war zu spät. Und außerdem und vor allem, Freunde, vor allem hatte Hilda sich neben mich gestellt.

»Was wird denn das?«, fragte sie.

»Ein Showdown«, sagte ich.

»Mit einem boxenden Mathelehrer«, sagte sie.

Ich versuchte, mich wieder auf August zu konzentrieren. Dr. Krönert hatte inzwischen die Wettkampfleitung übernommen. Die Farben für das Schach wurden ausgelost. August bekam Weiß. Dr. Krönert erläuterte, dass, wenn es beim Schach und beim Boxkampf remis steht, der Spieler mit den schwarzen Schachfiguren gewonnen hat. Aber ein doppeltes Remis sei praktisch noch nie vorgekommen.

Die beiden Kontrahenten saßen sich jetzt an dem kleinen Bistrotisch gegenüber, die Hände bandagiert. Ben hatte sich einen rotmetallic schimmernden Sportmantel umgehängt, August ein großes Badelaken, das Freya ihm besorgt hatte. Ich wusste gar nicht, was August da drunter zum Boxen anhatte.

»Meine Damen und Herren«, rief Dr. Krönert ins Publikum und seine Stimme überschlug sich bei »Herren«, wie

bei einem Jungen im Stimmbruch. »Ich freue mich sehr, diesen spontanen Zweikampf ankündigen zu dürfen. Es ist ein wunderbarer Zufall, dass beide Kontrahenten bis zu einem gewissen Grade im Boxen und auch im Schachspiel zu Hause sind. Der eine«, er wies auf Ben, »offensichtlich mehr im Boxen; der andere«, er wies auf August, »mehr im Schach. Wir bitten unsere Helden, sich nicht gegenseitig die schönen Schädel einzuschlagen, und geben den beiden Kontrahenten jetzt die Gelegenheit zu einem Wort an das werte Publikum.«

Ich sah mich um. Nur noch die Angestellten der Cateringgesellschaft standen in bordeauxroten Schürzen im Garten verteilt herum; der Rest der Party, vielleicht achtzig Leute, standen in einem weiten Kreis um die behelfsmäßige Arena. Im Garten flackerten die Fackeln wie im späten Rom, gleich würden sich die Kämpfer in den Zweikampf stürzen und die Menge wäre berauscht.

Dr. Krönert stand jetzt in der Mitte, August stand etwas gebeugt rechts neben ihm, sein Blick klebte am Boden. Zu seiner Linken stand Ben, aufrecht, mit Blick in die Runde.

Ben wandte sich an das Publikum.

»Ich kenne diesen Typen eigentlich nicht«, sagte er, »aber ich kenne alle, die im Boxring was taugen. Und dazu gehört der bestimmt nicht.«

Ben reckte die Fäuste zum Himmel und ließ sie dort ein paar Mal gegeneinanderklatschen, dann präsentierte er sich mit einer kurzen Drehung nach beiden Seiten.

Es wurde gejohlt und gepfiffen, einige lachten auf. Ein imaginärer Scheinwerfer schwenkte jetzt auf August.

Wollte er etwas sagen? In der Ferne hörte man, wie leere Gläser auf einem Tablett gegeneinanderschlugen.

August hielt den Kopf immer noch gesenkt und öffnete langsam den Mund.

»August«, sagte er, »August heiße ich. August Stork. Meine Mutter heißt Heidi. Von Heidi's Imbiss. Mein Vater ist unbekannt. Und Freya ist ein sehr schöner Gedanke.«

Freya drückte sich die Kuppen ihrer Mittelfinger in die Augenwinkel.

Dann setzten sich die Kontrahenten an den Tisch.

»Möge die Übung beginnen«, rief Krönert und klatschte in die Hände.

Jetzt habe ich, Rudi, ein Problem. Ich verstehe nicht besonders viel vom Schach und die Lektion für Fortgeschrittene kann man sich so schnell nicht draufschaffen. Als Kind hatte ich so eine Spielesammlung. Mit den Mikadostäbchen haben wir Insekten aufgespießt und die Schachfiguren traten gegen die Ritterfiguren an und gingen regelmäßig unter. Mein Vater hat sich später bemüht, mir die Schachregeln beizubringen, aber weiter als zwei Züge vorauszudenken, ist nicht drin bei mir, im Schach wie im Leben. Also, wenn ihr scharf auf Schach seid, dann kauft euch ein Schachbuch. Im Kapitel »Schwierigkeitsstufe fünf« oder so findet ihr wahrscheinlich die Züge und Varianten von August.

August eröffnete ganz klassisch mit e2-e4 und Ben hielt dagegen. August setzte Springer und Läufer in Marsch. Ben massierte sich immer das Kinn und bei August tropfte einmal ein Tröpfchen vom Mund auf den Tisch, aber ich glaube, das hatte keiner gesehen außer mir. Dann gab es einen kleinen Tausch von Bauern, nichts Spektakuläres, soweit ich das erkennen konnte. Alles schien offen, beide spielten verhalten und tasteten sich sozusagen geistig ab, also ihr wisst schon, wie zwei Fußballmannschaften in den ersten Minuten. Ich tastete zum Zeitvertreib Hilda geistig ab. Schließlich schlug Krönert einen kleinen Gong.

»Damit gongt Maria immer zum Abendessen. Mir läuft jedes Mal das Wasser im Mund zusammen, wenn ich es gongen höre«, flüsterte Hilda mir zu. Das war nett, was geflüstert zu kriegen von Hilda.

»Wie bitte?«, fragte ich zurück, um noch ein bisschen näher ranrücken zu dürfen. Sie flüsterte mir das Gleiche noch mal ins Ohr, ganz nah, mit den kleinen sinnlichen Nebengeräuschen der Lippen und so.

August und Ben stiegen in den Boxring und legten Bademantel und Badelaken ab. Ben hatte eine Satinsporthose an, die bis zum Knie ging, und hochgeschnürte Boxerschuhe.

Und August? August hatte – ach, lassen wir das.

Wieder Pfiffe, Ausrufe, Gejohle, die jäh von Bens Attacken unterbrochen wurden. Er stürmte auf August los. Fäuste hagelten auf Augusts Deckung herab. August war im Rückwärtsgang. Krönert hüpfte hinter den beiden her. Er hatte wohl auch keine rechte Ahnung vom Boxen, aber er hatte sicherlich was gelesen darüber, und beim Boxen ist es einfacher zu erkennen, was Sache ist, als beim Schach. Wahrscheinlich hatte hier keiner Ahnung vom Boxen, aber Ben prügelte auf August ein wie besessen. Noch hielt Augusts Deckung, sein Kopf kriegte keinen Treffer ab. Gibt wildes Prügeln beim Boxen Punkte?

Ich schaute kurz zu den beiden Herren, die zu Ringrichtern gemacht worden waren. Hilda sagte mir, dass der Aufgepumpte mit dem Schnurrbart in der Security ist und heute Dienst hatte. Aber die beiden machten Pokerface. August ist einen Kopf größer als Ben und Bens Kopf war auf Augusts Schulterhöhe. August konnte sich Ben eine Weile mit einer ausgestreckten Rechten vom Leib halten.

Der Gong ging, ich lächelte Hilda an und ließ meine Augen einen Moment länger als üblich in die ihren blicken. Sie musste schlucken. Wegen dem Gong oder wegen mir?

August setzte sich augenblicklich an den Schachtisch, entwickelte Springer und Läufer weiter und rochierte. Er zog hastig und immer sofort, nachdem Ben gezogen hatte. Ben hatte früh die Dame hinten rausgeholt und zog damit immer wieder in Augusts Spielhälfte. Plötzlich überlegte August einen Moment länger als sonst. Dann sprang eines seiner Pferde auf e6; der Gong kam. Wir schauten auf das Brett: Ben würde einen Turm verlieren.

»Scheißescheißescheiße.« Ben steckte sich die Handschuhe auf die Hände und riss sich den Bademantel von den Schultern.

Ben schlug und stürmte und nach jedem Schlag duckte er sich weg, mal nach rechts, mal nach links, obwohl das nicht nötig war. Schlagen, ducken, schlagen, ducken. Das war ein Tanz in hochgeschnürten Schuhen. Der Ringrichter mit dem Einstecktuch kritzelte etwas auf seinen Block. Der Bomberjackenmann kratzte sich am Hinterkopf.

Ben boxte nicht nur, er spielte mit Leib und Seele einen Boxer, er hatte einen Rhythmus und seine Fäuste waren voller Selbstbewusstsein. August wich tänzelnd zurück.

Aber dann traf Ben: erst die rechte Schulter und dann, mit einer Linken, Augusts Stirn. August torkelte einen Moment.

»Ein schwaches Kinn braucht eine Defensivstrategie«, sagte Klaus. August wich noch zwei Schritte zurück, dann hielt er unvermittelt den Oberkörper und den Kopf tiefer nach vorn geneigt und blieb stehen.

»Das war's dann wohl. Keine Arbeit für unsereinen heute Abend – Prost!«, sagte der Kieferchirurg von vorhin, aber keiner reagierte. Er hatte sich in die erste Reihe geschoben und hielt eine Zigarre mit den Zähnen fest.

Aber August, der verletzte Stier, ging zum Angriff über. Er hielt Ben jetzt erstmals mit der rechten auf Distanz und schlug plötzlich mit seiner linken Schlaghand einen Aufwärtshaken, mit dem Ben nicht gerechnet hatte. Mit dem keiner gerechnet hatte. Zwei, drei Zuschauer, die dem Ring schon den Rücken zugekehrt hatten, drehten sich wieder um, nachdem sie ein Raunen des Publikums vernommen hatten. Ich freute mich über Augusts Wut. »Geh, August, geh!«, rief ich.

Ben wehrte noch ab, legte aber erstmals den Rückwärtsgang ein. Es kam zum offenen Schlagabtausch, den der Gong unterbrach. An wen ging die Runde?

August blutete an der linken Schläfe. Krönert tupfte mit einem Taschentuch ein bisschen daran herum und wusste danach nicht, wohin mit dem Taschentuch.

August nahm am Brett den Turm von Ben. Bens König wirkte wie eingemauert. Ben hatte bereits neun Minuten seiner zwölf Minuten Bedenkzeit verbraucht. August brach jetzt mit einem Läufer in Bens Reihen ein, als es wieder gongte. Jetzt musste August die drei Minuten Boxen durchhalten und danach auf dem Brett endgültig zuschlagen.

Ben sprang in den Ring, hüpfte hin und her, als sei er noch gar nicht warm. Er schlug wieder seine Handschuhe gegeneinander und machte Sprünge wie beim Seilspringen.

Freya war inzwischen an den Ring herangetreten. Direkt nach dem Gong trieb Ben August wieder mit dem Rücken an das Band. August war in der Sackgasse. Ich hatte den Eindruck, dass er nicht so loslegte, wie er wollte. August verharrte plötzlich. Im Fitnesscenter hatte das noch ganz anders ausgesehen. Er blickte unverwandt zu Freya. Wo war das Unbeherrschte? Und dann, ganz unvermittelt, drehte August sich um. Er drehte dem Ring und Ben und den Zuschauern seinen riesigen Rücken zu. Ben schnaubte und boxte August noch zwei, drei Mal auf Nierenhöhe, aber das darf man ja nicht. Dann boxte er einfach ein bisschen in der Luft herum.

»Ey, was soll das?«, presste er zwischen den einzelnen Schlägen hervor. Krönert versuchte, August wieder zu drehen; er würde ihn disqualifizieren, rief er, er sollte weiterboxen, sonst wäre die Sache beendet.

Normalerweise klammern Boxer, wenn sie nicht mehr können. Aber August würde Ben nicht berühren wollen, er war abgedreht. Ich schrie August an, er sollte weitermachen, gleich wär die Runde durch, gleich könnte er den Sack im Schach zumachen. Aber August stieg über die Absperrung: rechtes Bein, linkes Bein, fertig. Er ging den Hügel hinunter, schnappte sich sein Handtuch vom Schemel und taumelte weiter, Richtung Pool, ein gebeugter, breiter Riese. Ich konnte mir nicht vorstellen, was sich in seinem Gesicht abspielte.

Das Publikum wurde unruhig, ich hörte Rufe, ich sah abwinkende Hände, schließlich klapperte müder Beifall.

Der alte Ringrichter sagte: »Gutes Boxen wird es erst wieder geben, wenn die Leute wissen, was Hunger und Kälte ist.«

Die meisten Gäste aber schienen froh, dass keiner gestorben war, und stießen mit ihren Gläsern an. Krönert hielt Bens Siegerarm kurz in die Sommerluft, während die Leute schon wieder Richtung Haus gingen. Bens Ellenbogen hing dabei schlaff herunter. Er schaute sich unruhig um. Dann räumte er schnell das Schachbrett auf. Klaus klopfte ihm auf die Schulter.

Ich war eigentlich auch ganz froh, denn Hilda stand noch immer neben mir. Sie schob ihre Schuhspitzen aufeinander zu. Und dann, dann nahm sie meine Hand und sie sagte diesen wunderbaren Satz: dass wir doch ruhig zusammen ein paar Hausaufgaben machen könnten. Sie Mathe und ich Deutsch. Natürlich im Haus. Und für später seien ihr noch ein paar weitere papstkritische Dinge eingefallen. Erst die Arbeit, dann das Spiel. Ich spürte ein leichtes Ziehen an meinem Arm und einen Druck zwischen den Beinen. Ja, Leute, was soll man da machen? Wenn Glück so verdammt konkret wird?

»Eigentlich soll man ja nicht mit Fremden mitgehen«, sagte ich. Sie lachte und ich konnte zwischen den Zähnen ihre Zungenspitze sehen. Auf dem Weg ins Haus stellte ich mir noch ein paar Häppchen am Buffet zusammen und

schmuggelte sie, eingewickelt in eine Stoffserviette, in meiner Hosentasche ins Haus. August war irgendwie weg – sei's drum. Jetzt war ich dran.

August, 31. August: Keine Schreibaufgabe von Rudi. »Ob Schach Sport ist?«

Das Wasser im Schwimmbad hat nur kurz seinen weichen Mund aufgemacht und Herrn Klaus verschluckt. Zuletzt seine Waden mit den vorbildlich gestreckten Füßen. Die Dinge können auch am Fuß in der Luft ihre Ordnung haben.

Dann wollte Tattoopopo sich prügeln. Ich lasse mich nicht mehr zum Schlagen provozieren. Ich lerne das. Schachspielen gern. Boxen gern, signalisiere ich allen, so gut es eben geht. Ben zieht im Schach mit der Dame auf den Diagonalen herum. Seine Dame hat eine Störung. Er hat keine Ordnung. Und keine Ruhe am Brett, er denkt nicht, er fuddelt, wie manche Bassisten auch. Auch beim Boxen denkt er nicht, aber er hat eine große Wut und ist schnell. Ich bin nicht schnell. Schnelligkeit ist eine moderne Erfindung. Wie Lärm.

Ich mache ein Dach aus den Armen. Es regnet schnelle Fäuste darauf. Das macht mir keinen Spaß. Da ist Freya. Ihr Gesicht ist eine Oase. Ich werde das hier abbrechen. Wenn dir etwas nicht gefällt, steig aus. Das hat Herr Gelinder gesagt.

Ob Schach Sport ist, werde ich gefragt. Ich kann es nicht sagen. Ich gehe also weg. Dann komme ich bei den

Musikern vorbei, einer sitzt hinter dem Klavier, einer hockt hinter dem Schlagzeug und einer steht neben dem Kontrabass und zupft. Aber das geht so nicht. So soll man nicht spielen. »Zu wenig Fleisch«, sagt man. »Zu nebensächlich.«

Ich muss kurz eingreifen, aber man will das nicht, der Mann, der den Bass so beiläufig zupft, überlässt mir sein Instrument nicht und Dr. Kröger kommt angelaufen. Auch hier soll ich nicht sein. Lieber gehe ich mit Freya ein Stück in die Dunkelheit. Nach Süden zum Beispiel. Richtung Hannover also, über den Fluss.

Freya, 1. September: »Ende vom Anfang und Anfang vom Ende«

Nach dem bescheuerten Boxkampf ging ich zu August. Er hatte versucht, den Bass von dem Band-Bassisten zu übernehmen. Ganz freundlich hatte er sich neben den Bassisten gestellt und den Arm ausgestreckt. Der Bassist hatte versucht, ihn nicht zu beachten. Das geht aber schlecht bei August. Dann hatte er versucht, August mit kleinen Handbewegungen während des Spiels zu verscheuchen, und sich dabei verspielt. Schließlich hat Dr. Kröger August untergehakt wie einen Gorleben-Demonstranten und ihn weggeführt. Großes Schmunzeln und Kopfschütteln überall. Dann kam August mir entgegen, mit dem Handtuch um die Schultern. Ich führte ihn schnell hinten zum Kompost, der stillsten Ecke im Garten, im Windschatten des Hauses, wo kein Scheinwerfer hinkann. Ich war froh, dass er die Boxerei abgebrochen hatte. Er sah mich kurz an. Ich strich ihm über die blutige Schläfe. Keine Gegenwehr. Im Ring kaum und hier gar nicht.

»Wo sind deine Sachen?«

Er zeigte auf einen Haufen Klamotten neben der Treppe zum Garten. Ich sah mich kurz um, schlich um die Hausecke und schnappte mir seine Hose, sein T-Shirt, seinen Pullover.

Da sah ich meine Mutter winken. Sie stand bei Ben und rief meinen Namen. Ich winkte kurz zurück. Dann steckte ich meine Nase in Augusts Kleidung und sog den Geruch ein und die erste Fahrt fiel mir ein, mit August neben mir auf der Rückbank. Auch damals ein Kampf. Und dann das Feuer am Strand. Augusts schönes Profil, sein Kopf auf dem Flaschenboden mit Blick auf die Elbe. Ich flitzte zurück zum Kompost.

Dann sind wir gegangen, wir waren uns einig, wir wollten hier weg. Wir sind die Wiese hinunter. Unten sind wir zwischen den Hecken durch, am Ende unseres Grundstücks. Alberich hatte mitgekriegt, dass wir uns davongestohlen hatten, und folgte uns. Alberich folgt mir immer, ich habe ihn so lieb. Warum hat man Hunde so lieb? Warum habe ich August so lieb? Die Partymusik von oben drang leise ans Ohr. Aber wer würde uns noch folgen? Klaus würde verrückt, wenn er sich vorstellt, dass seine Tochter mit einem Behinderten abhaut. Auch Krönert würde August ungern abhauen lassen, ohne ihn beforscht zu haben. Das Wichtigste aber war, dass August mir von dieser Prüfung erzählt hatte. Er musste nach Hannover, ausgeruht und rechtzeitig.

Von oben hörte ich Mama auflachen. Man weiß im ersten Moment nicht, ob sie schreit oder ob sie lacht. Das konnte Klaus nie leiden, dass man ihr Lachen so weit hört, dass sie so laut ist, so unberechenbar. Ihr Lachen dominiert jeden Moment. Auch sie würde merken, dass wir weg waren. Sie hat immer gespürt, wenn ich weg war. Sie würde vielleicht ein bisschen hin und her laufen, ein halb leeres Glas in der Hand und eine Träne im Auge. »Wo sind sie? Wo sind sie?«, würde sie rufen, wie eine verlassene Frau in einer Theateraufführung, und man würde über sie lächeln am Pool, weil man gar nicht wüsste, wer sie diesmal verlassen hat.

Ich legte den Zeigefinger auf den Mund, wir horchten. Es fuhren kaum Autos um diese Zeit. Ein Vogel hatte jetzt in der Nacht seinen Auftritt, wie auf dem Fusion Festival. Er sang sich die Seele aus dem Hals. Da hielt ich August einfach fest und küsste ihn, flüchtig, wie er es vielleicht mag, und rannte weiter. Egal, was er denkt. Es soll mir egal sein, was andere denken. Ich denke zu viel daran, was andere denken. August denkt, glaube ich, kaum daran, an andere, ohne dass er aber rücksichtslos ist.

August blieb stehen. Wir redeten den ganzen Weg bis zum Ufer nicht. Ich will in diesem Wechsel sein: gehen, schweigen, gehen. Wir liefen schneller, atmeten heftig.

Noch immer waren da Stimmen von oben, jemand sprang in den Pool, prustete. Einmal noch zerschnitt Mamas Lachen die Luft. Der Zaun war hier eingedrückt und verbeult. Wir stiegen darüber. Kniehohes Gras, kein Weg. Rechts eine Villa, ein Hund schlug an. Die meisten Zäune sind hoch hier und mit Stacheldraht gekrönt. Ich hielt Alberich fest, damit er nicht zurückbellte, aber das war gar nicht mehr nötig, Alberich fiel nicht mehr darauf herein. Alberich wusste, was zählte: die Zuneigung und das Essen.

Zwischen den Häusern, den Bäumen und den Mauern verlaufen Trampelpfade, die Hilda und ich früher ausgespäht haben; jetzt konnte ich sie brauchen. Zwischen den Bäumen schimmerte die Elbe hindurch, ein breites silbrig schwarzes Band bis zum Horizont.

Meine Füße sprangen leicht bergab. Wo wollten wir denn hin? August lief hinter mir, ich hatte die Führung. Ich lief auf die Elbe zu. Der Himmel in dunklem Schwarzblau streckte sich über uns, einige Wolken hingen als graue Fetzen an der Decke. Da hörte ich Klaus' Stimme den Hang heruntergrollen. Er rief nach Alberich und dann nach mir.

Unten am Strand blieben wir stehen – nicht weit von hier hatten wir beim ersten Treffen gesessen. Ein kleines Containerschiff glitt elbabwärts. Am Strand lag ein Bündel aus Decken und Folien. Es bewegte sich sacht auf und nieder: ein Schlafender. Rechts standen ein paar Bootsschuppen. Genzmers haben ein Boot irgendwo hier unten, das wusste ich. Wir mussten uns beeilen, wir waren auf der Flucht.

Ich sah August an und er sah zurück. Nicht rechts vorbei, nichts links vorbei, sondern mir direkt in die Augen, sodass ich fast erschrak, auch wenn es nur kurz war. Ich fragte, wann der Imbiss aufmacht. Der Imbiss seiner Mutter. »Um sechs«, sagte August. »In drei Stunden.«

Er hatte verstanden. Er hatte eine indirekte Botschaft

verstanden oder täuschte ich mich? Ich ging auf die erste Bootsgarage zu. Warum drückt man Klinken besonders langsam herunter, wenn die Tür wahrscheinlich zu ist? Was hatte ich erwartet – ein Boot umsonst, das hier für uns bereitstand? Unser kleines Segelboot, mit dem Klaus und Mama früher oft gefahren sind, liegt am Bodensee und verstaubt. Ich musste an einen verblichenen Schnappschuss denken, auf dem Klaus, Mama, Hilda und ich auf dem Boot abgebildet sind. Das Boot lag an unserem kleinen hölzernen Steg fest, Klaus posierte am Steuerrad, Mama stand mit uns, eine rechts, eine links, an der Hand auf dem Vorderdeck, und den Kopf hielt sie schief, zu Hilda hin. Das hatte ich mir gemerkt, dass sie sich zu Hilda lehnte. Sie hatte die Augen geschlossen und lächelte. Hilda hatte eine Sonnenbrille von Mama auf und lachte, ich schaute knapp neben die Kamera, mit glasigem Blick, wie August es tun würde.

Jetzt hatte ich einen Moment nicht aufgepasst, Alberich war verschwunden. Meist folgte er irgendeinem im Wind umherflatternden Müllteil. August stand am Wasser und blickte über die Elbe. Ich hätte ihm gern die Hand auf die Schulter gelegt, das ging aber nicht. Das war ihm zu viel. Ob sich das ändern würde? Ob ich immer überlegen müsste, was ich durfte und was nicht?

»Strömung«, sagte er, »und Wind.«

»Wann hast du deine Prüfung«, fragte ich. Vielleicht hatte er sie ganz vergessen.

»Am ersten neunten ab sechzehn Uhr«, antwortete er.

Das war übermorgen, nein, morgen.

Ich sagte, wir sollten uns hier trennen, er sollte nach

Hause fahren, sich hinlegen, schlafen, sich ordentlich anziehen und üben. Ich würde ihm das Taxi zahlen. Er müsste sich jetzt auf die Prüfung konzentrieren.

»Heute ist es zu spät für das Bett«, sagte er, »ich kann morgens nicht einschlafen.«

Ich fragte ihn ein paar Dinge, ob er schon eine Fahrkarte hätte, eine Übernachtungsmöglichkeit in Hannover, Pläne nach der Prüfung. Nichts. Ich wollte nicht so fragen wie mein Vater, aber ich machte mir Sorgen. Vielleicht ist das so, ich meine, bei Liebe, dass man sich Sorgen macht und unlocker wird.

Er antwortete, kurz wie immer, aber unbestimmter. Vielleicht sollte ich mitfahren nach Hannover, heimlich, hinter ihm her?

Plötzlich jaulte es auf, direkt hinter uns. Alberich! Seine Stimme hallte aus einem der Bootsschuppen heraus. Wir stürzten an die Flügeltüren der vier Schuppen und horchten. Im dritten Schuppen schien er gefangen, man hörte das Kratzen seiner Krallen an der Holztür im Innern. Dann gab es einen dumpfen Laut, so als wenn er von innen gegen die Tür springen würde. Ich rüttelte an der Tür, Alberich wurde davon noch unruhiger. Wir gingen hinter die Häuser. An der Rückseite dieser Bootsschuppen stand eine Box für Mülleimer, darüber, unter dem Wellblechdach, klaffte eine Lücke, vielleicht groß genug für eine geduckte deutsche Dogge, aber zu klein für mich und erst recht für August. Nur für Alberich hatte es offenbar gereicht.

Ich stieg auf die Box und lugte durch den Spalt in die Garage: Alberich drehte sich zu mir und versuchte, an der Wand zu mir hochzuspringen. In der Garage stand eine

Jolle. Ganz ähnlich wie unser Boot am Bodensee. An der Wand hingen ein Rettungsring und eine Schautafel mit Seemannsknoten. Ein fremdartiges Geräusch durchbrach die Stille am Strand. In einem der Häuser wurden die Jalousien hochgezogen, Blankenese erwachte. Gardinen raschelten, alte Millionärsfüße krochen in englische Lederpantoffeln. Hier haben die Menschen chronische Angst vor Einbrechern. Jeder hier hat ein Collier zu verlieren oder ein Stillleben von der Wand des Salons. Ich wiederholte diesen Satz für August.

»Stillleben. Dreimal ›l‹«, sagte er.

Er schien zu überlegen. Aber vielleicht überlegte er gar nicht, wenn er so still vor sich hin schaute, vielleicht war er ganz leer. Dann schritt er langsam auf die Tür des Schuppens zu. Er blieb einen Moment vor der Tür stehen. Drin, hinter der Tür, jaulte Alberich. Ich sah, dass August tief einatmete und ausatmete. Die Straßenlaternen gingen aus; über der Stadt würde die Sonne den Dunst bald vertreiben.

Wie auf ein Zeichen hin legte August beide Hände auf die Klinke der Tür und stieß einen kurzen Laut aus. Dann riss er mit einem Ruck an dem einen Teil der Flügeltür, die Tür brach mit einem kurzen trockenen Laut auf. Alberich schoss aus der offenen Tür in die Freiheit, schlitterte ein Stück durch den Sand und sah sich um, als wüsste er gar nichts anzufangen mit der Freiheit.

Ich drehte mich nach der nahe gelegenen Häuserzeile um. Im ersten Stock eines Bungalows öffnete sich ein Fenster, die obere Hälfte eines Mannes erschien. Er setzte ein Fernglas an die Augen. August war im Schuppen verschwunden. Ich beugte mich zu Alberich hinunter, hielt ihn am Halsband fest und befahl »Sitz!«. Alberichs Hintern senkte sich in den Sand. Ein gut dressierter Hund schafft Vertrauen. Einbrecher streicheln keine Hunde, würde der Mann bestimmt denken.

»Guten Morgen!«, rief ich dem Mann am Fenster zu. »Haben Sie das auch gehört? Es klang wie eine aufbrechende Haustür.«

»So ist es«, sagte der Mann und ließ seinen Kopf mit dem Fernglas vor den Augen langsam kreisen, »haben Sie da unten nichts Verdächtiges gesehen?«

»Nein«, rief ich, »aber ich werde Alberich hier noch mal losschicken. Ohne Hund traut man sich als Frau ja kaum noch aus dem Haus«, schob ich nach.

Der Mann ließ das Fernglas sinken. Es war ein kleines Fernglas, das er da in der linken Hand hielt. Es war ein Opernglas.

»Such!«, rief ich Alberich zu. Ihm war nicht klar, was er suchen sollte, aber er stob davon, die Nase knapp über dem Sand.

»Wenn wir etwas entdecken, werden wir die Polizei benachrichtigen«, rief ich, »wir wohnen da oben.«

Ich wies auf unser Haus.

»In Ordnung. Ich danke Ihnen«, sagte der Mann und schloss das Fenster.

Ich ging zurück und schlüpfte in den Schuppen. August saß im Boot und hielt eine Leine in der Hand.

»August«, sagte ich zu August, »du musst nach Hause und schlafen.«

»Ich gehe erst zum Frühstücken. Um sechs Uhr dreißig

ist immer Frühstück.« Alberich war zurückgekommen und hielt die Augen ruhig auf August gerichtet. Ich glaube, dass Alberich August gern mag.

»Vielleicht sollten wir zum Frühstücken segeln«, antwortete ich. Ich blickte den Hang hinauf. Ich meinte, zwei Gestalten zu erkennen, die den Hang heruntergelaufen kamen. Ich erkannte Ben an der Art, wie er die Beine auf den Boden setzte. Sie suchten uns.

Wir zogen das Boot auf dem Slipwagen zum Strand. Es war eine mittelgroße ältere Jolle aus Holz. Sie konnte sinken. Ich leckte an meinem Zeigefinger und hielt ihn in die Luft. Vorher hatte ich kaum auf den Wind geachtet; es ging ein kräftiger Wind von Nordwest, von der Nordsee.

Ich sah mich nach einer Schwimmweste um. Ich fand keine Schwimmweste. Ob August schwimmen konnte? Auf der Party hatte er das Wasser gemieden. Ich fragte ihn, ob er schwimmen kann. Er kann nicht schwimmen. »Wir sollten das lassen«, sagte ich. Ich versuchte, ihm zu erklären, dass schon einige Leute nach einer Party in der Elbe ertrunken sind. Sogar ohne Party kann man in der Elbe ertrinken.

»Ich will segeln«, sagte August, »du kannst doch segeln.«

Es wäre schön, mit August in den Morgen hineinzusegeln. Auf die Veddel. Mit August in einem Boot. Mit August, ohne ihm ausweichen zu können. Blankenese und die Veddel, verbunden durch eine schmale Fahrrinne. Wir hatten ja Zeit bis zum Frühstück. Ich war aber noch nie bis in die Stadt gesegelt. Ich war noch nie selbst auf der Elbe gesegelt. Ich war nur auf unserer Jolle auf dem Bodensee gesegelt. Aber das sagte ich nicht.

Ich ging zurück in den Schuppen, kramte in einer Truhe und fand eine einzelne Schwimmweste und gab sie August zum Überziehen. Er drehte die Weste in den Händen hin und her, er zögerte, aber ich sagte ihm, dass ich sonst nicht segeln würde. Er zwängte seinen großen Kopf und seine langen Arme durch die Weste. Dann schaute er sich hilflos um. Die Weste spannte um seinen Brustkorb. Er sah aus wie ein Junge, der zu schnell aus seiner Kleidung herausgewachsen ist.

»Na«, fragte ich, »geht's mit Atmen?«

August nickte und zwinkerte mit den Augen. Mich überkam eine große Zärtlichkeit für August.

Aber ich musste jetzt darauf achten, dass mein Atem nicht stockte, dass er ruhig ging, dass ich keinen Fehler machte. Ich versuchte, mich gegen das ganze verbliebene Herzklopfen vom Boxen, vom Schach, von August, von der kleinen Flucht, vom eingesperrten Alberich zu stemmen. Ich wollte mit August da rüber, über den Fluss, über diese Straße zum Meer, über diese schwarze Masse segeln, in seine Welt, in den Morgen, nach Osten.

Ich musste sehen, was die Tide machte. Wir konnten nur mit der Flut elbaufwärts segeln. Bei Klaus im Regal lag so ein kleiner Gezeitenkalender, voller geheimnisumwitterter Zahlen, die ich nie verstanden habe und die ich gerade deshalb oft fasziniert betrachtete.

Wir mussten sehen, was uns die Elbe selbst sagte. Das Wasser stand hoch, die Uferböschung stand tief im Wasser. Ein Stock, den ich ins Wasser schmiss, wurde stadteinwärts getragen: Es war Flut. Die Frage war nur, wie lange noch, war die Flut schon in Geesthacht und kehrte um?

Die Elbe ist schweres Segelrevier. Alle haben immer Respekt, wenn Klaus erzählt, dass er da segelt. Er erzählt es oft und gern, öfter, als er wirklich draußen war.

Drüben, am Mühlenberger Loch, würde es flach werden, wir könnten auflaufen, das wäre nicht das Schlimmste.

Wir müssten drüben sein auf der Veddel, bevor das Stillwasser kam. Ich warf noch einen Stock in den Fluss, Alberich setzte zum Sprung an, aber ich pfiff ihn zurück und ließ ihn am Strand Sitz machen. Der Stock trödelte in Richtung Stadt, wir konnten starten, aber ich hatte keine Ahnung, wie viel Zeit wir hatten.

Wir ließen das Boot zu Wasser. Eine Bö raute einen Quadratmeter Elbe auf. Sie fuhr gewaltsam in das noch nicht vollständig gesetzte Segel. Ich beorderte August nach Luv und ging selbst ins Trapez, um das Boot zu trimmen.

August schien unsicher und blieb in der Mitte des Bootes sitzen, sodass ich ihn bat, an die Pinne zu gehen. Ich zeigte auf das Ruder und August begriff sofort. Er verhielt sich instinktiv richtig, das Großsegel hörte auf zu flattern. Wir würden mit halbem Wind auf der Elbe kreuzen. Beide Segel blähten sich backbords. Mir gefiel, dass August nicht redete.

Wir schossen durch das schwarze Wasser. Wir mussten so schnell wie möglich auf die andere Seite. Wir hatten keine Lichterführung.

Alberich saß am Strand und winkte mit der Zunge. Meine Hände arbeiteten von selbst und August hielt Kurs auf das Südufer, auf das Mühlberger Loch.

Der Elbe merkt man an, dass das Meer nah ist, dass man bald auf einen endlosen Horizont schaut, dass sich die Augen weiten und dass sechzig Kilometer weiter die Natur das Kommando ganz übernimmt.

Zu Hilda hatte ich gesagt, dass die Elbe in Hamburg schon unruhig fließt, so als wenn sie ahnte, dass sie bald am Ziel ist und sich ins Meer ergießen kann, wie eine Rast nach einem langen Marsch. Manchmal ist mir, als wenn die riesigen Schiffe hinaus ins Meer fahren würden, so wie Ritter in der Rüstung in den Kampf ziehen. Gleichförmig, ohne erkennbare Regung. Wenn wir als Kinder am Falkensteiner Ufer badeten und ein Containerschiff vorbeizog, hielten wir inne und schwiegen und staunten, ohne dass uns das jemand gesagt hatte. Die riesigen Schiffe schienen das zu gebieten.

Es war still bis auf das Gurgeln des Wassers unter dem Bug. Wir hätten die Vögel von Neuenfeld hören können. Aber auch die Containerschiffe sind still. Und sie fahren die ganze Nacht. Da sah ich dieses schwimmende Hochhaus von Steuerbord auf uns zu kommen. Es war noch ein ganzes Stück weg, ich konnte schlecht schätzen, wann es uns zerpflügen würde. Sie konnten uns nicht sehen. Wir hatten keine Beleuchtung, wir waren langsam. Wir waren ein Stückchen Plankton und da kam ein Walhai.

»August«, rief ich, »August, wink, ruf!«

Ich schrie: »Vorsiiicht, Achtung, hallo, wir sind hier!«

August schwieg. Natürlich rechnet man Sonntag früh

um fünf nicht mit einem Containerschiff. Man meint, man wär allein. Waren wir aber nicht.

In letzter Zeit sind die ganz großen Schiffe auf der Elbe seltener geworden; »weniger Riesen« habe ich jemanden sagen hören, jemanden, der sich auskennt, irgendeinen Reeder, den mein Vater kennt. Man soll die Ruhe bewahren, wenn ein großes Schiff kommt. Die Ruhe, in einem fremden Boot und mit einem schrägen Typen, den ich sehr mag, aber der gut ist für Überraschungen.

Als wir über die Flussmitte gesegelt waren, drehte August nach Backbord, vor den Wind, und zog das Schwert hoch aus der Bootsmitte. Das Boot zog an, ich hätte das erst später vorgehabt; das Monster war jetzt hinter uns und verfolgte uns lautlos. Mit dem auflaufenden Wasser waren wir schnell, direkt vor dem Wind.

Unser Boot zog schräg über die Elbe. Es wurde heller, die Schweinwerfer des Firmengeländes von Airbus hatten uns entdeckt. Da! Dahinten sah ich die ersten grünen Tonnen! Ich traute mich nicht, mich umzudrehen. Wir waren gleich drüben, gleich.

Hinter uns hörte ich ein Rauschen und da kam es: Hundert Meter hinter uns zog eine Wand vorbei, zehn Container hoch, eine Kulisse, immer noch ohne Laut, ohne Warnung, man hatte uns nicht gesehen. Wir waren drüben und schaukelten in den Wellen, wir ließen uns schaukeln und schauten uns an. August schaute mich an und ich schaute ihn an.

Wir schwenkten ein wenig nach Backbord und fuhren auf dem Tonnenstrich, platt vorm Wind.

Rudi, 19. September: Hausaufgaben machen

Also, ich ging dann mit Hilda rein. Ich hatte weiche Knie, als ich die heiligen Hallen betrat. Fast alle waren draußen. Wir huschten die Treppe hoch und tauchten ab in Hildas Zimmer, während draußen die Party tobte. Wenn die stillere Wahl die aufregendere ist, ist das Leben besonders schön.

Die Zimmertür ist ganz zärtlich ins Schloss gefallen, sage ich euch, und der Schlüssel hat eine leise Rolle links gemacht. Soll man alles verraten wie in einer Talkshow? Nicht doch!

Erst früh um halb sieben habe ich den Zimmerschlüssel wieder in die andere Richtung gedreht und habe meine Füße, einen nach dem anderen, auf dem Parkett abgerollt. Meine Schuhe in der linken Hand und die Ohren aufgesperrt wie Satellitenschüsseln – nichts war mehr zu hören, Licht aus.

Hilda hat mir, die Bettdecke mit einer Hand zum Hals hochgezogen, mit der anderen Hand vom Türspalt aus nachgewunken und mir den Weg gewiesen, während ich die Treppe hinuntergestiegen bin, Stufe für Stufe, um dann durch die Diele Richtung Gartenausgang zu gleiten.

Da hörte ich etwas. Ein leises Brummen, Atemzüge. Ich hielt still und drehte mich um. Niemand war zu sehen. Ich schlich weiter zur gläsernen Terrassentür. Wie Hilda gesagt hatte, steckte der kleine Schüssel innen und ich drückte leise den Hebel nach unten. Als ich gerade den ersten Schritt aus der Gefahrenzone machen wollte, hörte ich das Geräusch wieder, es knurrte, scharrte, kam rasch näher um die Ecke – und es fasste mich fest und unerbitt-

lich am Hosenbein: Alberich war da und wollte mich nicht gehen lassen. Ich redete leise und eindringlich auf ihn ein, ich beschwor ihn, versuchte, ihn zu streicheln, zu beklopfen. Sein Gebiss schien sich aber für immer um mein rechtes Hosenbein geschlossen zu haben. Da fiel mir ein, dass ich mich ja beim Reingehen ins Haus am Büffett bedient hatte, Pastetenhäppchen und so. Und zum Essen war ich dann ja nicht mehr gekommen. Und so zog ich langsam und triumphierend wie ein Zauberer die weiße Stoffserviette aus der Hosentasche, legte neben meinen rechten Fuß zwei Häppchen mit Leberpastete und eines mit Pastrami und provozierte damit einen klassischen Appetenz-Appetenz-Konflikt, den das Stück Rindfleisch gegen meine Jeans gewann. Dann ging ich, trotz allem, noch einmal in die Essdiele. Hier war gestern ein Teil des Büffetts aufgebaut gewesen. Ich sah mich um, alles war vorbildlich aufgeräumt, aber da, da lagen noch ein paar abgewaschene und blank geputzte silberne Kaffeelöffel. Ich suchte mir einen aus, der besonders schön glänzte und mein Grinsen am schönsten spiegelte. Den steckte ich in die Tasche, stieg über den kauenden Hund und rannte, randvoll mit Glück, zu meinem Fahrrad. Das Fahrrad musste schnell zurück, sonst würde ich Ärger kriegen mit Paul Poschek.

August, 1. September: 19. Schreibaufgabe von Rudi. Thema: »Ist Kontrabassspielen im Zug erlaubt?«

Freya hat gesagt, ich soll an der Station Hamburg-Dammtor einsteigen. Bahnhof Hamburg-Dammtor, da kann ich noch einen Sitzplatz kriegen, ich komme den anderen zuvor. So etwas kann man machen. Man nennt es Taktik; die Welt ist voll davon.

Eine Station vor Hauptbahnhof. Ich wusste nicht, wo Dammtor war. Ich kenne Hamburg wenig, nur meine mir bekannten Ecken. Heimat ist das kleine Planquadrat. Von dort aus sieht man die Welt. Am Hauptbahnhof bin ich mal gewesen, ich mag es dort nicht. Überall sind Lautsprecher angebracht, aus denen laute Stimmen Ansagen machen, die ich nicht verstehe. Dann bremsen die Züge und Türen schlagen, alles ohne Rhythmus, alles unberechenbar. Manche Ansagen führen dazu, dass die Menschen den Bahnsteig wechseln oder zu rennen anfangen. Die Fahrpläne mochte ich, das Anrollen der Züge, den Wechsel, die Koordination, das Systematische. Aber ich will doch schnell wieder weg. Wie jeder auf dem Bahnhof.

Auf Google Maps habe ich gesehen, wo Dammtor ist. Bin ausgestiegen, wo Freya empfohlen hatte.

Ich sehe aber keinen Bahnhof. Bahnhöfe können sehr verschieden sein, sie sehen nicht immer aus wie auf Postkarten. Ein Buchladen war dort.

Ich hatte noch 10 Minuten und 12 Sekunden bis zur Abfahrt des Zuges. Ich stieg auf eine Fußgängerbrücke (unten Stufen aus Beton, oben aus Stahl, verschiedene Frequenzen), von der aus ich 4 große Gebäude sah. 2 waren vielleicht Konzertsäle, zur Versammlung, für Taktikbesprechungen, 1 ist ein Hochhaus und 1 ist ein fensterloser Würfel.

Ich schultere den Kontrabass und gehe auf den Würfel zu. Leute kommen aus dem Würfel heraus und andere, wie ich, gehen hinein. Im Eingang liegt ein Teppich. Die Fahrkartenverkäuferinnen sitzen in Glaskästen. Ich stelle mich an. Ein Mann fragt, ob das Ding an meiner Schulter über 18 ist. Mehrere lachen. Da merke ich, dass der Gebäudewürfel kein Bahnhof ist, dass das ein Kino ist.

Das wird Rudi wieder nicht glauben und er wird sagen: »Das glaub ich nicht, das glaub ich nicht!«

Ich habe noch 6 Minuten, als ich wieder auf der Brücke stehe. Ich muss Menschen fragen, ich brauche Hilfe. Meine Mutter Stork hat gesagt, ich soll immer lieber Frauen fragen, die sind freundlicher.

Hier sind Männer mit Krawatten und Aktenkoffern, die schnell gehen. Niemand kann sie aufhalten, auch nicht das Schicksal. Ich warte auf eine Frau. Da kommt eine. Es ist eine kleine, gebeugte Frau mit einem Kopftuch und einer großen Brille. Die werde ich fragen. Sie schiebt einen Wagen mit Rädern vor sich her. Ich weiß nicht, wie diese Wagen heißen. Sie geht langsam. Sie machte eine Pause auf dem Scheitelpunkt der Brücke. Ich habe noch 4 Minuten bis zur Abfahrt. Sie bleibt stehen.

Ich muss einen anderen fragen, einen Mann. Einen Mann, der gerade an mir vorbeigeht. Ob ich ihn etwas fragen darf. »Kein Thema«, sagt er. Ich verstehe das nicht. Wahrscheinlich heißt das, dass er sich nicht auskennt. Jetzt müsste ich aber losschießen, sagt er, sein Zug nach

Hannover fährt gleich. »Gut«, sage ich, »dann ist alles gut, danke.« Er schüttelt den Kopf und läuft im Laufschritt los. Ich renne hinter ihm her. Seit ich im Boxtraining war, kann ich schneller und länger rennen. Nur der Kontrabass stört. Ich laufe dicht hinter dem Mann. Er sieht sich um, 2 Mal sieht er sich um, im Rennen. Er ruft, was das soll, ich soll das lassen. Ich bleibe dicht hinter ihm, ich muss ja auch verstehen, was er ruft. Der Kontrabass schlägt mir an das linke Bein. Er rennt in den Bahnhof, er rennt die Rolltreppe hoch, er springt die Stufen in den Zug. Ich wuchte meinen Kontrabass durch die Tür hinter ihm her und springe in den Zug.

Es wird wieder etwas durch die Lautsprecher gesagt. Es piept 7 Mal ein F, dann schlägt die Tür automatisch zu. Sie klingt sehr stabil, die Tür. Sie sitzt fest, wie im Kerker.

Der Zug ist voller Menschen. Ich werde Fremde berühren müssen. Im Zug sitzen die Menschen eng beieinander. Man kann Körperkontakt kaum vermeiden. Man kennt die anderen ja gar nicht. Hier kann ich sie sogar riechen, jedenfalls 2 von ihnen. Ich habe gehofft, dass es ein leerer Zug ist. Es ist aber ein Intercity Express der ersten Generation, 9.600 kW Leistung, maximal 280 km/h, der viele Menschen schnell von einer Stadt zur anderen bringt. Menschen, die eigentlich lieber fliegen würden, hat Freya gesagt. Die Leute würden heute alle Plätze reservieren, auf dem Liegestuhl, im Krankenhaus und im Zug. Freya hat gesagt, für die Chaoten und für die Spontanen würden in der Welt nur noch ein paar Restplätze übrig gelassen. Dann könnten alle zusehen, wie sie sich zerfleischen.

Ich halte mich am Bass fest. Seinen Geruch kenne ich.

Kontrabassgeruch, anders als Cellogeruch. Eher ein bisschen wie Fagott.

Die Leute gehen hin und her. Wir beide stören dadurch, dass wir da sind und uns nicht bewegen. Ich will nach 2 Sitzplätzen Ausschau halten. Ich kann den Bass aber nicht allein lassen. Wir zwängen uns durch die Reihen eines Großraumabteils. Ich schwitze. Ein Mann sagt, man müsste für sperriges Gepäck extra zahlen.

»Sonst kommt bald jeder mit 'nem Kontrabass.«

2 andere schütteln den Kopf. Ich weiß nicht, ob sie mich meinen. Ich halte das nicht aus. Ich soll auf meine Atmung achten. Langsam soll ich atmen. Ich gehe weiter.

Am Übergang zwischen 2 Wagen geht es zur Toilette. Die Toilette ist ein guter, ruhiger Ort. Auf dem Schild ist ein Strichmännchen mit einem Rollstuhl abgebildet. Ich schiebe die Tür zu Seite, es sitzt da aber kein Männchen im Rollstuhl dahinter. Es steht nur eine Kloschüssel auf dem Boden. Die Wände sind türkis. Türkis beruhigt etwas, wie das Meer.

Ich setze mich auf den Klodeckel, der Bass lehnt sich an die Wand. An der Tür zischt es, sie schließt sich, abschließen muss ich noch. Jetzt atme ich mich in Ruhe herunter, immer langsamer. Ich bin nicht geschmolzen. Herr Gelinder hat gesagt, ich soll dann ruhig stolz auf mich sein.

Ich sitze auf dem Toilettendeckel und versuche, stolz auf mich zu sein. Dann gehe ich zum Waschbecken und untersuche es. Das Wasser ist über Knopfdruck portioniert. Die Seife ist über den Seifenspender portioniert. Kleine, beruhigende Portionen.

Ich lasse immer wieder Seife aus dem Spender auf den

Waschbeckenrand tropfen. Es gefällt mir. Dickflüssige Seife, Seife, CUT. Zwischendurch mache ich das Wasser an, auch die Klospülung mache ich an: 2 Mal Seife, Wasser, Spülung. Bipp, bipp, schsch, schlorpsch. Bipp, bipp, schsch, schlorpsch. Ich könnte Musik machen. Ich packe den Bass aus, G war zu tief, D auch.

Ich muss in Hannover vorspielen. Da werden Herren und Damen an einem Tisch vor mir sitzen und auf meine Finger schauen. Sie werden einen Kritisierhunger haben. Wer kritisiert, will auch zeigen, was für ein bemerkenswerter Mensch er ist, hat Freya gesagt.

Ich werde Dragonetti spielen, Koussevitzsky oder Ernest Bloch, was sie wollen. Der Bogen, der Bogen muss schwer werden, muss in die Hand fallen, auf die Saiten fallen, der Arm ist schwer und locker, atmen.

Das Zugbehindertenklo hat einen ungewöhnlichen Hall, stark, aber kurz. Wenn ich den Klodeckel öffne, ist es noch besser. Ich spiele und spiele und plötzlich klopft es. Ich halte ein, ich kenne das Klopfen, wenn ich spiele, aus verschiedenen Wohnungen. Es klopft aber weiter, obwohl ich aufgehört habe. Ich ziehe den Riegel nach rechts, mache aber die Tür nur einen Spalt auf. Ich schaue nach draußen. Da steht der Mann mit dem Rollstuhl.

»Oh«, habe ich gesagt, »Sie sind das.«

»Hmm«, macht er.

Sein Gesicht ist ganz schief. Noch mal macht er »hmmm!«, diesmal mit Ausrufezeichen. Er zeigt auf die Kloschüssel. Da lasse ich ihn hereinkommen. Er passt gerade noch herein mit seinem Rollstuhl. Es ist jetzt eng in der Toilette.

Ich stehe hinter meinen Bass geklemmt. Der Mann sieht mich an, ganz direkt. Da drehe ich mich um, mit dem Bass. Der Mann im Rollstuhl ist auf die Toilette gegangen. Er muss seinen Körper herüberstemmen mit den Armen. Ich traue mich nicht, ihm zu helfen. Aber ich fange an mit dem Bassspiel. Rudi meint, das wär gut für die Verdauung, ein Solo über »Pursuance« aus dem Album »A Love Supreme« von John Coltrane. Es klingt gut in der Toilette, sehr trocken. Ich sollte öfter in Toiletten spielen. Ich sollte dafür umsonst Bahn fahren dürfen.

Die Spülung geht, sie macht ein Sauggeräusch, umgekehrt wie eine normale Spülung. Ich spiele noch einen Chorus. Dann ist es still. Der Mann sitzt wieder im Rollstuhl. Er hat die linke Hand vorgestreckt, eine Faust gemacht und mit dem Daumen nach oben gezeigt, was ein Zeichen für Anerkennung ist, habe ich gelernt. Er hat kompliziert mit dem Rollstuhl aus der Toilette ausgeparkt. Als ich den Bass wieder nehme, kommt eine Stimme aus dem Lautsprecher, die sagt, dass wir in wenigen Minuten Hannover erreichen und dass der Ausstieg in Fahrtrichtung links ist. Das hat mir gefallen, »in Fahrtrichtung links«, es ist so perfekt. Man kann es nicht besser sagen.

August, 3. September: 20. Schreibaufgabe von Rudi. Thema: »Aufnahmeprüfung«

Die 2. Treppe links rauf, sagt der Mann an der Pforte hinter der Scheibe. Ich weiß nicht, warum der Pfortenmann hinter einer Scheibe sitzt, obwohl er mit ganz vielen Menschen sprechen muss. Er muss durch das kleine ovale Fenster sprechen und durch das Fenster sagt er das mit der 2. Treppe links nach oben.

Es ist ein modernes Gebäude, verschachtelt, aus Beton; die Teppiche haben verschiedene Farben, das soll einem helfen. »Durch die Glastür und dann rechts den Gang lang bis zum Raum B 2.31, kleines Studio«, sagt der Pförtner. Es wäre aber höchste Zeit, sagt er.

Ich wiederhole das noch mal: 2. Treppe, Glastür, rechts, langer Gang, damit ich es nicht vergesse.

Ich schwitze, ich muss den Bass schleppen, Rudi hat gesagt, der Bass ist ein Möbelstück. Es tropft mir von der Stirn. Meine Hände sind klebrig, das ist nicht gut fürs Bassspielen.

Die Glastür lässt sich nur schwer aufstoßen, ich wuchte den Bass hindurch, jetzt der Gang, im Gang stehen Stühle.

Es riecht nach Putzmitteln vom Boden. Auf der Heizung stehen Plastikkaffeebecher, die außen braun und innen weiß sind. Hinter einer Tür übt eine Sopranistin Koloraturen. Dann, in einem anderen Raum, singt ein Bariton. Es ist ein trauriges Lied. Ich glaube, das ist von Schubert. Es ist einfach und schön. Da muss ich ein bisschen stehen bleiben und hören. Geradeaus suche ich das kleine Studio. Da steht ein Tisch mit einer Dame dahinter. Ich stelle den Bass ab, ich muss atmen.

Die Dame sieht mich direkt an.

»Name?«, fragt sie. Ich antworte und dann sagt sie: »Ich meine den Nachnamen.«

Ich wär zu spät, sagt sie. 14 Uhr 30 sei mein Termin gewesen. Sie müsste nachfragen. Dabei schüttelt sie den

Kopf und verschwindet hinter der Holztür. Hinter der Holztür muss es sein, da wird entschieden, ob ich wiederkommen werde auf den grünen Teppich. Ob ich in Zukunft unter Aufsicht Bass spielen soll. Muss ich dann hier wohnen? Wohnt man dann im Studentenheim? Kann mich Freya da besuchen? Unter meinen Rippen drückt es mich, ich kann schlecht atmen. Ich mache die Basshülle ein Stückchen auf und stecke meine Nase hinein und den ganzen Kopf und inhaliere. Ich rieche meinen Bass, den Freund, und ich rieche ein bisschen Freya, das gefällt mir, ich mache ein Geräusch beim Ein- und Ausatmen. Bis ich höre, dass die Frau Hallo sagt neben mir.

»Hallo«, sagt sie, »ist Ihnen nicht gut?«

»Doch«, sage ich, »doch, doch. Ich wollte nur mal nach dem Bass schauen.«

Ich kann gleich rein, nach dem, der gerade drin ist. Die Tür geht auf, heraus kommt ein kleiner Asiate mit einem italienischen Vierviertelbass. Das geht doch nicht, die passen doch gar nicht zusammen, die beiden.

»Bitte sehr, danke söhn«, sagt der Asiate, »i bin Ving Vu.«

Ich sehe seine beiden Schneidezähne.

»Herr Stork?«

Wieder diese Dame, sie kreist um mich herum wie eine Fliege. Wie ein Kellner in einem Restaurant, ich habe so etwas mal gesehen, als ich in einem Restaurant war.

Ich habe Durst und ich gehe zum Wasserhahn da in der Ecke und trinke aus der Hand. Ich mache das so, seit ich klein bin. Das, sagt meine Mutter, hätte ich auch von meinem Vater.

Ich könnte jetzt ein bisschen Bassspielen vertragen.

Rudi hat gesagt, das interessiert die Leute, wie du auf deinem Instrument spielst, wie du zu ihm stehst. Wie ich, sagt Rudi, mit dem Instrument verwachsen bin. Also.

»Herr Stork«, sagt die Frau, sie sagt immer »Herr Stork«, sie hat ihren Arm ausgestreckt, der Arm weist zur Tür, die Tür ist offen, eben ist da der Asiate herausgetreten, sie lüften noch, ich spüre das. Ich gehe durch die Tür, die Tür schließt sich hinter mir.

»Herr Stork?«

»Das bin ich.«

Er schreibt das auf seinen Block. Auch meinen Vornamen, mein Geburtsdatum, was man so schnell weiß von einem.

Da sitzen noch 2 Männer und 1 Frau. Mann, Mann, Frau, Mann. Das Gericht.

Die Frau hat mehr Haare als die Männer zusammen. Eine Asymmetrie hinter den Tischen.

Ein Mann will wissen, warum ich zu spät bin, ich spreche von Zug und Toilette. Ich soll den Bass auspacken und mich einspielen, ich soll mich nicht beirren lassen. Bei wem ich Unterricht gehabt hätte (keinen in der letzten Zeit), wo ich gespielt hätte (ich erwähne die Band), wo ich üben würde (im Keller), wie oft (täglich). Was ich spielen wollte. Das könnten sie bestimmen, sage ich. Sie sehen sich aber an. Ich dachte, das wär gut, wenn sie das bestimmen. Vielleicht haben sie schon 3 Mal das Gleiche gehört, hat Rudi gesagt, dann täte ihnen was Neues gut. Das gebe ich hier weiter. Ob das mein Ernst ist, fragt der Mann, der keine Haare hat, aber eine sehr dicke Brille.

»Es war nicht böse gemeint«, sage ich.

Ich habe vielleicht einen Fehler gemacht, schon bevor der Bass draußen ist. Ich kann den Bass blind auspacken, ich blicke dabei auf den Parkettfußboden. Ich kann Mimik schlecht lesen, aber diese 4 hier, die haben gar keine Mimik. Im Gesicht da ist eine Wüste. Mein Bass steht vor mir. Ich hätte ihn putzen sollen, wie man die Schuhe putzt, wenn es fein zugehen soll. Ich spanne den Bogen, streichle ihn kurz mit dem Kolophonium. Er hat eine schöne Spannung.

»Bitte«, sagt der Mann, »es ist uns egal, womit Sie anfangen. Sollten wir noch ein 2. Stück hören wollen, können wir immer noch überlegen.«

Ich horche in mich, ich versuche, den Bass zu riechen. Ich schließe die Augen. Ich bin müde, ich denke an Freya, an den Strand, an das Boot. Ich werde etwas Langsames machen, nichts Ausladendes. Meine Finger beginnen Capuzzi, 2. Satz, Adagio, die Augen lasse ich zu. Kein Vibrato anfangs, ein bisschen in Takt 31 und 32 bei den punktierten Halben, den Triller nur angedeutet, es ist ein zartes Stück, jedenfalls heute. Die 4 Takte Pause lang lasse ich die Augen geschlossen, sie dürfen mich jetzt nicht unterbrechen, ich halte die Pause, im Kopf singt das Orchester, sie unterbrechen mich nicht. Dann kommen die Triolen, die schönen Triolen.

»Danke«, haut es dazwischen, »vielen Dank erst mal.« Sie stecken die Köpfe zusammen (das habe ich aus meiner Liste, das Köpfezusammenstecken), sie beraten sich und tun heimlich.

Jetzt redet die Frau, sie hat auch eine schwere schwarze

Brille auf und ein rotes Halstuch um mit weißen Punkten. In Chören haben Frauen manchmal bunte Halstücher gegen die schwarze Kleidung an.

»Vielen Dank. Sehr schön. Was haben sie sonst noch Schönes mitgebracht?«

Ich weiß nicht, wie ich mich hinstellen soll.

»Ritze-Ratze«, sage ich. »Kennen Sie das? Von Norbert Hoffmann für Viola und Kontrabass. Das gefällt mir gut und meiner Mutter Stork auch.«

»Ich will nicht Ritze-Ratze hören, verstehen Sie? Ich will das Gegenteil hören«, sagt ein anderer Mann.

»Die Elegie von Bottesini«, sage ich.

»Wenn Sie sich das zutrauen«, sagt der Mann.

»Noch ein Andante«, näselt der Mann ganz rechts, der bisher noch nichts gesagt hat, »aber meinetwegen, bitte, mir kann's ja egal sein.«

Man muss singen bei Bottesini, der Bass und der Bassist, zusammen. Man muss leise mitsingen, er hat Opern geschrieben, Herr Bottesini, und er war ein Freund von Verdi. Auch der Bass singt jetzt, er hat einen kleinen Wolf auf der G-Saite, ein bisschen, aber sonst singen wir beide. Bei den Sechzehnteln gleiten mir die Finger etwas weg, sie haben ein bisschen zu stark geschwitzt, ich darf nicht aus dem Tempo rutschen, nicht in die Außenwelt kommen durch falsches Denken, ich muss ganz in den Bass kriechen, in das Musikstück. Ich muss bei mir im Keller sein. Es geht schnell vorbei, keine 40 Takte. Als ich fertig bin, halte ich den Kopf unten.

»Gut«, sagt die Frau.

Ein Mann fragt, was für einen Bass ich da spiele. »Einen

Kaminski«, sage ich. »Nie gehört«, sagt er. »Na doch, jetzt«, sagt ein anderer und sie lachen. Die Tür geht auf und die Frau winkt mich hinaus.

In einer halben Stunde ist die Klausur Musiktheorie in Raum C 3.46.

Ich bemerke jetzt einen großen Hunger. Er fällt über mich her, ich hatte ihn gar nicht bemerkt, er hat im Bauch gelauert, jetzt steigt er in den Kopf. Da ist ein Automat mit Glasscheiben, dahinter sieht man belegte Brote wie in einem Hochhaus wohnen. Ich werfe 2 Euro ein, die Münze bleibt stecken, ich bin hungrig und wütend. Ich fasse den ganzen Automaten rechts und links mit den Händen und schüttele ihn, aber meine 2 Euro und das Brot bleiben drin. Neben mir steht jetzt Hui Hu.

»Vossisst-atun-atun!«, ruft er. Seine Handkante schnellt aus kürzester Distanz gegen den Automaten. Das Brot fällt heraus und Münzen fallen klappernd in das kleine Fach unten rechts, bei dem die Klappe nur nach innen aufgeht. Es sind 4 Euro.

»Ho-ha!« Hui Hu stößt die beiden Silben mit dem Atem hinaus, aber ganz leise. Ich schenke ihm das halbe Brot und 2 Euro. Wir setzen uns auf einen Tisch in der Aula und kauen. Wir reden nicht. Wir sind Kontrabassisten. Unsere Bässe liegen auf dem Boden nebeneinander in ihren Hüllen. Ich mag Hui Hu. Ein Chinese mit dem Kontrabass.

Wir gehen zu Raum C 3.46. Dort sind Einzeltische mit einem Stuhl davor aufgestellt, 40 Leute sitzen im Raum. Das sind mir zu viele, ich suche einen Platz in der Ecke, aber die Plätze sind alle schon besetzt. Hui Hu zeigt auf seinen Nachbartisch, ich setze mich, ich habe nichts, was ich auf den Tisch stellen könnte, kein Brot, keine Feldflasche, keinen Stift. Alle haben einen Stift. Hui Hu steht neben mir und gibt mir einen Kuli, ich sehe jetzt 4 Zähne aus seinem Oberkiefer, er lächelt. Der Herr vorne mit der nasalen Stimme, die Nummer 4 von links, ist jetzt allein und liest einen Text herunter, ich verstehe »Betrugsversuch«, »Ausschluss«, »Wiederholungsprüfung«. Die Wörter dazwischen verstehe ich gar nicht. Jeder ist bei sich. Ich sollte jetzt bei mir sein.

Der Mann und eine Gehilfin teilen Zettel aus. Man soll markierte Dreiklänge und Intervalle aus Bachs Matthäus-Passion benennen, einen Notentext in stilistisch angemessener Weise vervollständigen, einen Choral in g-Moll vierstimmig aussetzen und eine Bagatelle von Beethoven harmonisch analysieren.

Ich erweitere Bachs Matthäus-Passion um 8 Takte, setze das Stück stilistisch für unsere Band um, vervollständige den vierstimmigen Satz und setze ihn in einer Fuge fort. Ich bin aber langsam, alle sind schon draußen und der näselnde Mann nimmt mir den Zettel weg, bevor ich zu Beethoven komme.

Hui Hu und ich sitzen wieder auf dem Tisch in der Aula und teilen uns ein Brot, das Hui Hu aus dem Karateautomat geholt hat. Es ist noch Gehörbildung in Raum B 4.47.

»Sslesst. 4 ist sstake Ungluk in Ssina. Hoo. Aussertem is habe sslesste Gehöörn«, sagt Hui Hu.

»Man soll helfen, man soll den Leuten helfen, gerade kleinen, fremden Menschen«, sagt Mutter Stork. Die 4 ist ein schlechtes Omen in China, erklärt er. Ich setze mich wieder neben ihn. Jetzt sitzt da vorne die Frau mit dem

Halstuch am Klavier. Sie klatscht rhythmisch in die Hände und macht ba-baa, bababa, ba-baa, ba-ba-ba bab-aaa. Sie wiederholt das 2 Mal und nach einer Pause noch mal. Wir sollen das aufschreiben. Ich schreibe das sehr groß. Also einen Notenhals breit und hoch wie meine Handkante, aber ich kann nicht betrügen, ich kann das jetzt nicht hochhalten für Hui Hu, der 2 Meter links neben mir an seinem Pult herumruckelt. Ich schreibe das noch mal auf DIN-A 8, also auf 5,2 mal 7,4 Zentimeter, ich brauche aber sehr lange für die 5 Linien, die Taktstriche und die Pausenzeichen.

Längst läuft das zweistimmige Diktat am Klavier, ich versuche, das auch mitzuschreiben, dann mache ich ein Kügelchen für Hui Hu und kicke das mit links zu seinem Pult. Ich bin gar nicht gut im Fußball und mit links noch schlechter.

Wir sind jetzt bei den Höranalysen, Frau Halstuch drückt immer auf den MP3-Player und sagt, wir sollen hier etwas aufschreiben zur Gattung, hier zur Epoche, hier zur Tonalität, zu Tempo, Taktart und Satztechnik.

Ich sehe mal zu Hui Hu, er schaut zu mir und ich kann diesmal 2 Zähne vom Unterkiefer sehen. Er beißt immer wieder auf sein Radiergummi, ich kritzele noch das Klavierdiktat, das ist im Viervierteltakt und schlecht für China, schreibe »Kantate« bei Gattung, »Barock,« »mixolydisch«, »Allegro« und »Zwölftel« auf mein Blatt und auf ein Stück Brotpapier, ich kann das nicht mehr lange, so viele Dinge nebeneinander tun.

Hui Hu schnauft, bückt sich nach den Zetteln zu seinen Füßen.

»Hallo«, ruft die Halstuchfrau, »hallo, was ist denn das?«

Hui Hu kriecht auf dem Fußboden herum. »Sssuldigung-tassentuss am fussbodn, hoo«, sagt Hui Hu und überträgt schnell mit seinen flinken Fingern etwas von den Zetteln auf sein Blatt. Die Blätter werden eingesammelt, wir gehen in die Aula.

Ein Brot liegt noch im Automatenfach, ein Vollkornbrot mit Camembert drauf, das mag Hui Hu nicht, er mag nicht das Vollkorn und nicht die Butter und nicht den Käse.

»Probier mal«, sage ich und er kaut sehr langsam und schluckt. »Gesafft, hoo«, sagt er. »Ja«, sage ich, »geschafft.«

Morgen wollen die Männer und die Halstuchfrau sagen, wer gewonnen hat. Vielleicht möchten sie gar nicht, dass jemand gewinnt und kommt. Ob es wohl ein Gewinn ist?

Ich habe alles mitgemacht, ich habe mich beeilt, hierher zu kommen, ich bin müde, bin mit dem Boot die Elbe stromaufwärts gefahren, bin Zug gefahren, habe meinen Bass durch Hannover getragen, jetzt bin ich müde und denke an Freya und Freya und Freya, an Mutter Stork und an Rudi.

Will ich denn in Hannover sein? Gibt es hier einen guten Keller? Jemand sagt, in der Innenstadt wären die Geschäfte tiefer gelegt, wie in einem Keller. Ich möchte mir das ansehen. Ich habe aber Hunger, einen großen Augusthunger, Doppelaugusthunger.

Hui Hu geht in einen China-Imbiss und trifft dort viele Chinesen, die alle die Aufnahmeprüfung gemacht haben. Sie sehen alle sehr verschieden aus, die Chinesen. Alle außer ihm haben die Prüfung für Geige oder für Klavier gemacht. Hui Hu ist der einzige Kontrabassist. Er zeigt immer auf mich, alle lächeln und schauen zu mir hoch. Ich soll mich zwischen sie setzen. Ich rage heraus. Ein Monolith bin ich. Es wuselt um mich herum, aber es stört mich nicht so sehr wie sonst, sie sind sehr leise, sehr vorsichtig und sie hauen einem nicht auf die Schulter.

Ich sage Hui Hu, dass ich Chinesen mag. Herr Gelinder hat mir gesagt, ich soll so etwas ruhig sagen, so etwas Positives. Dann kaue ich an einer Blume herum, die aus Rettich geschnitzt wurde und auf Hui Hus Teller lag, er hat sie mir gezeigt und mir angeboten. Ich kaue, alle kichern. Eine von den Chinesinnen ist auch sehr schön, mit feinen Ohren, fast wie Freya.

Ich müsste doch eigentlich nach Hause fahren, fällt mir ein. Ich weiß ja hier gar nicht, wo ich hingehöre.

»Du Hotel?«, fragt ein Chinese.

Ich weiß es nicht, ich müsste nach Hause. »Hamburg«, sage ich. Der Chinese nickt, was ja heißt, dass er verstanden hat, aber er sieht mich nicht an, er schaut tief in seine Suppe. Dann setzt er seine Suppenschale an den Mund und lässt sie wie einen Bach in sich hineinrinnen. Es macht gar kein Geräusch. Mit den Stäbchen schiebt er die Nudeln hinterher und schließt beim Schlucken die Augen. Sein Kehlkopf springt auf und nieder.

Hui Hu sagt, sie wohnen in der Jugendherberge. Das wäre so ähnlich wie in China im Schulheim. Man kann da günstig schlafen und ist schön beisammen. Vielleicht gehen die Chinesen früh ins Bett, das wäre mir recht.

7 Chinesen gehen voraus, ich gehe hinter ihnen her. Hui Hu hat ein Wägelchen für seinen Bass, ich trage meinen Bass durch 9 verschiedene Straßen. Wir haben ein Sechs-

erzimmer mit 3 mal 2 Betten, übereinander. Ein Chinese zählt uns ab, 2 Mal sogar, wir sind 8. Er schaut mich an und lächelt. Dann zählt er noch mal. Dann zählt er die Betten. Sie sehen mich an, alle. Ich halte meinen Bass fest. Sie wollen etwas. Ich frage Hui Hu, er schabt mit der Schuhspitze auf dem Boden. »Du bist willkommen«, sagt er. »Wir haben nur 6 Betten, aber wir sind 8 Menschen«, sagt er. 2 Chinesen springen darauf in ein Bett und stellen sich schlafend, indem sie Schlafgeräusche machen. Ich kann nicht zu zweit in einem Bett liegen, auch nicht mit einem zarten Chinesen.

»Gang Hu und Bao Au gehen ein Bett, hooo«, sagt Hui Hu, »einer ssuu viel no aber.«

Es ist warm im Zimmer, die Sonne schickt einen Strahl durch das kleine Fenster zwischen die 3 Doppelbetten. Ich gehe zu meinem Bass und ziehe ihm die Hülle aus, wie Mutter Stork mir früher den Pullover über den Kopf gezogen hat. Ich lege sie auf den Boden und sage, dass ich in der Basshülle schlafen kann. Hui Hu und die anderen sind begeistert, sie klatschen in die Hände.

Dann wollen sich die 3 chinesischen Mädchen am Waschbecken waschen und wir Männer sitzen auf dem Bett, zur Wand gedreht, und müssen uns die Augen zuhalten. Zwischen dem Mittel- und dem Ringfinger ist aber ein Spalt, weil ich breite Gelenke und schmale Finger habe. Ich sehe das schöne chinesische Mädchen und muss an Freya denken. Ich stelle mir vor, dass das der Rücken von Freya ist, den ich da sehe. Schöne Gedanken und Geschichten haben oft mit einem schönen Mädchen zu tun. Und wenn eine Geschichte ohne schönes Mädchen schon schön ist, kann man noch ein schönes Mädchen erfinden, und die Geschichte wird tausendschön.

Mit solchen Gedanken liege ich um 22 Uhr 17 noch wach. Die Geschichte mit Freya ist eine schöne Geschichte, aber eine, die wehtut im Bauch. Das Ende der Geschichte ist offen und schwebt über dem Kalender.

Dahinten, am anderen Ende des Zimmers, liegt Hui Hu. Er ist auch in seine Schlafsackhülle gekrochen, sogar mit dem Kopf zuerst und hat gelacht. »Deutsse Bett«, hat er gesagt. Aus dem Halsteil der Hülle höre ich ihn noch sagen: »Mogen flüh Lebewusstflühstück. Gute Nacht sagt deutsse Missel zu deutsse Sandmann, hooo.« Dann ist es still.

Hong E und Jiao Liau liegen jetzt auch zusammen in einem Bett. Wir hätten noch Platz für mindestens 2 Chinesen. Ich glaube, alle schlafen schon, außer mir und, vielleicht, außer Freya in der Hamburger Hansestadt.

Morgen früh sollen unsere Startnummern von der Aufnahmeprüfung in einem Glaskasten im Eingangsbereich der Musikhochschule hängen, mit einem Plus dahinter oder mit einem Minus. Das hat der Pförtner gesagt und Frau Halstuch. Wer ein Plus hat, muss hierbleiben, wer ein Minus hat, muss zurück nach China oder nach Hamburg.

Ich sehe die Silhouetten der beiden Kontrabässe nebeneinander an der Wand lehnen, einander zugewandt: ein italienischer Bass aus China und ein polnischer Bass aus Deutschland. Ich hoffe, sie frieren nicht.

Freya, 4. September: »Lettre d'amour«

Lieber August!

Zeit für einen Brief – einen klassischen Brief, mit Anrede, mit Absicht, mit Hinsetzen und mit langem Atem, wie sie fast ausgestorben sind. Einen Brief, den Du Dir an die Wand hängen kannst, später, wenn Du ihn dann noch magst.

Ich weiß nicht, wo Du steckst, und das ist vielleicht gut, weil es mich sehnsüchtig macht. Ich weiß, dass Du in Hannover bist, einer Stadt wie so viele andere, mit Waschbetonkübeln, mit jungen Pennern und ihren halstuchtragenden Hunden, mit Bäckereien, in denen es mit Käse überbackenes Laugengebäck gibt. Und mit Fußgängerzonen, in denen die Leute bunte Plastiktüten nach Hause schleppen und dabei auf den Boden glotzen. Du läufst darin rum und mischst heimlich alles auf, ohne es zu merken, weil Du wirklich anders bist.

Ich hoffe sehr, dass es Dir gut geht, dass Du glücklich bist, dass Du Dich nicht verirrst, oder wenn doch, dass Du was Interessantes entdeckst. Dass Du die Prüfung schaffst und, noch mehr, dass es Dir gut geht damit.

Wenn Du die Prüfung schaffst, bist Du in Hannover und ich hier, und wenn Du sie nicht schaffst, bist Du wieder hier und ich werde vielleicht bald weg sein. Aber das ist nicht so wichtig. Es ist nicht so wichtig, wo man steckt, es ist nicht so wichtig, wie viel man redet miteinander.

Ich habe, seit ich Dich kenne, noch mehr Lust auf das Gegenteil, auf das Andersmachen, auf das Verneinen, auf Anti-Blankenese, auf Dinge, die nicht Sinn machen im Üblichen.

Was wohl aus uns wird? Wir werden sehen! Freya, die Dich sehr lieb hat, Du Einzigaugust.

August, 6. September: Eigene Schreibaufgabe. Thema: »Brief an Freya«

Von August, der groß sein will (will jeder), der aus sich gehen will, der ausgehen will, der über sich hinwegsehen will auf andere, auf die Welt aus anderer Sicht, aus Rudis, aus Deiner, aus beliebiger Sicht, aus abstrakter Sicht, über den Tellerrand (sagt man). Für den das Anfassen nicht ein Druck über 101.325 Pascal mehr sein soll, sondern ein Treffen Deiner Haut und meiner Haut, das unter die Haut geht (sagt man). Das könnte sein, könnte werden, wenn es gut wird, wenn es so klappt, wie die Welt wohl angelegt war, oder?

Das bin ich. Wenn man nicht im Zug sitzt, kein Auto hat und nicht telefoniert, weil man da den anderen nicht sieht und doch schnell sein muss, dann muss man, also ich, schreiben lernen.

Schwärmen tun Bienen. Will ich auch, kann ich aber nicht. Küssen tun Karpfen. Will ich auch, zeig's mir doch noch mal.

Kommen Kartoffeln zum Würstchen, wird es ein Gericht. Kommen Reime an Wörter, wird es ein Gedicht.

Will bei Dir sein, geht noch nicht.

Rudi, 20. September: letzter Eintrag, Nachwort sozusagen

Is' natürlich ein feierlicher Moment: Gleich mache ich die Klappe zu und das Werk *ist fertig. Das Buch August. Das Büchlein von Freya, August und, na ja, auch von mir und ein bisschen auch von Hilda und Heidi. Heftiger Grund zum Feiern! Leider habe ich niemanden hier zum Bierchen. Was soll man da machen?*

Na, was wohl? Man macht das Bierchen alleine auf. Plopp. Ich begieße die letzten Zeilen vom Buch, glaub ich, wer weiß das schon? Die Sache war nämlich so: August hatte mir versprochen, dass ich seine Einträge alle kriege, alle, denn er machte inzwischen selbstständig eigene Notizen, ohne äußeren Ansporn von mir. Ich sollte die Notizen aber nur unter einer, einer ganz besonderen Bedingung kriegen, die dazu führen würde, dass das Leben ohnehin was Neues vorhat mit ihm.

Sein Schreiben hatte sich schon verselbstständigt, wie sein Leben auch. Und wie immer, wenn man sich um einen kümmert und wenn man einen liebt und er wird flügge, dann ist das schön, aber es ist auch ein bisschen traurig. So ist das wohl bei Eltern, wenn die Kinder abrauschen, mit ihrer neuen Liebe im Arm und dem ersten Auto unterm Hintern. Aber so weit sind wir noch nicht, Hilda und ich, also was den Nachwuchs angeht, meine ich, weit entfernt, ich habe nix vor in dieser Richtung, obwohl Verhütung ja echt total unsexy ist, ihr wisst, was ich meine.

Was soll's. Jedenfalls hatte August versprochen, also JA gesagt auf meinen Vorschlag, wenn er – jetzt kommt's – wenn er die Prüfung in Hannover besteht, dann schenkt er mir alle seine schriftlichen Einträge.

Und gestern dann liegt hier ein zugeklebter Karton vor meiner Tür, als ich mal zum Mittag ein paar Sonnenstrahlen naschen will. Das Paket ist typisch August, zugeklebt mit allem, was er finden konnte, tesakrepp, Schnur und auch eine alte Kontrabasssaite waren drum herumgewickelt. Und drin war ein Schatz! Seine ganzen Einträge. Auf Papier und Pappe, mit Bleistift und Filzstift, einer auf Serviette, einer aus dem Zug nach Hannover und einer aus Hannover auf einem umgedrehten Notenblatt. Aber alle genau mit Datum und geordnet. Und das heißt? Genau. Dass unser August ein offizieller Kontrabassisst wird. Jedenfalls ein Musikstudent, ein cooler Musik- und Theaterhochschultyp. Einer, der zwischen den hübschen Geigerinnen, Harfenistinnen, Schauspielerinnen und Balletttänzerinnen studieren darf – ich muss ihn unbedingt da mal besuchen. Einer, der später eine Fliege und einen Frack trägt und sich verbeugt, wenn der Dirigent mit dem Stab auf ihn zeigt. Aufstehen können die Bassisten nicht mehr, weil sie meist schon stehen oder auf solchen Barhockern sitzen. Mich freut das für August, denn ich kenne keinen, der so fantastisch spielt wie er, mit so einem Groove, so einem hölzern-markigen Sound, mit so einer Sicherheit, so einer in sich gekehrten Leidenschaft und so weiter. August spielt Kontrabass, wie ein Durstiger trinkt. Ich werde ihn vermissen hier in Hamburg.

Rudi, 21. September: PS: Adresse von Heidi's Imbiss

Ich hatte ja am Anfang versprochen, hier hinten die Adresse von Heidi's Imbiss aufzuschreiben. Reine Formsache, habe ich gedacht und Heidi angerufen und ihr gesagt, dass sie und der Imbiss in das Buch kommen und das Buch wird ein Erfolg und dann wird es ein Fernsehfilm und alle Leser und Gucker sind ja sehr fürs Authentische, also gerade für so was wie Currywurst mit Pommes, weil sie dann die Currywurst aus kulturellen Gründen essen dürfen, und dann, Heidi, dann brummt dein Laden. Aber Heidi hat die linke Hand gehoben und mir die Handfläche entgegengestreckt (mit der rechten hat sie gerade die Theke abgewischt) und gesagt: »Danke, min Jung, aber ich will gar nich' mehr Trubel. Der Jung is' jetzt wech, da komm ich so grade hin, wie's is'. Und gut is'.«

Also müsst ihr euch leider selbst aufmachen und den Imbiss suchen. S-Bahn Veddel und dann so zehn Minuten zu Fuß in die richtige Richtung. Mehr sag ich nicht. Seid zuversichtlich, macht euch auf, es wird schon.

Danksagung

Ich danke Christoph Salomon, meinem Freund und Gegenleser; Michael Hartel, dem Boxer; Walter Steinemann, dem Segler; Heike Schröder von »Schröder's Grill«; der Leiterin und den Schülerinnen der Literatur-AG des Albert-Schweitzer-Gymnasiums Hamburg: Anette Arhelger, Christina Esche, Celina Gross, Friederike Höhn, Marlena Tara, Anna-Luisa Wriedt sowie den Hamburger Autoren Gudrun Hammer, Sonja Kranzhoff, Tilla Lingenberg, Johanna Wack und Rüdiger Käßner. Und besonders herzlich danke ich Christina Heinrich.

Unter http://www.daskannichmirmerken.de/fusion2005/ gibt es einen Bericht über das Fusion Festival, dem ich ein paar Zitate entnommen habe.